父親的道歉信

父の詫び状

向田邦子
Mukoda Kuniko

張秋明——譯

推薦序

一部反映日本昭和年代的「生活文化史」

楊錦昌

編號B-2603波音737型的遠航客機，於台北飛往高雄途中空中解體，墜毀在苗栗三義，機內上百名乘客全數罹難，其中包括一名日籍女性作家向田邦子。

這是一則發生在一九八一年八月二十二日的墜機事件報導。無可諱言，此一不幸的空難事件讓台灣成為向田愛好者的傷心地，至今仍難以從某些日本人的記憶中抹滅。然而，這場空難卻也意外地讓許多台灣民眾開始注意到這位曾活躍於日本廣播界及電視界的著名劇本作家及文壇女作家，甚而成為她的忠實讀者。

向田邦子於一九二九（昭和四）年十一月二十八日出生於東京世田谷區。一九五八年師事劇作家市川三郎先生後，便著手書寫廣播劇及電視劇本。一九六四年以電視劇「七個孫子」聲名大噪，自此由她編劇的電視劇便廣受觀眾喜愛，收視率也都居高不下。不但如此，她創作的廣播劇（上萬部）及電視劇本（上千部）數量相當可觀，台詞與劇情巧妙逗趣，更是為她締造出「向田劇」的美稱。

一九七五年十月，向田邦子因乳癌住院開刀，過程中由於輸血不當，曾引起併發症（感染了血清肝炎）及右手癱瘓。如此困境並未將她打入絕境，反而因接受《銀座百點》雜誌邀稿，於一九七六年二月起開始連載隨筆，自此為她開啓另一個新的轉機，將寫作觸角擴及隨筆及小說。

值此轉機之際，不但劇本風格為之一變，由原本的逗趣喜劇家庭劇轉向處理家庭崩潰的嚴肅戲劇，生活也無時無刻地籠罩在死亡的陰霾中：

「出院之後的那一陣子，我看到『癌』字跟『死』字，總覺得特別不一樣。甚至在睡夢中也會對癌症心生恐懼，但在日常生活裡我卻故意裝作不認識這個字。（中略）當時我很擔心自己可能活不久了。」（本書後記）

最後這種死亡的陰影，伴隨著時間與際遇，直接內化在向田日後的作品中，成爲她作品的重要主題。《父親的道歉信》裡，〈行禮〉、〈吃飯〉兩篇描繪擔心親人慘遭空難與空襲的不測，在在表現出對死亡的恐懼，而〈老鼠砲〉及〈隔壁的神明〉等篇章也都呈現出與死亡有關的主題。其中，〈老鼠砲〉一篇更將昔日驚鴻一瞥及一面之緣的「過往」人物，藉由記憶的解讀，一幕幕地如影像般呈現出來，並使其甦醒、重生與重逢。

本書包含二十四篇隨筆，篇篇各有巧妙、精湛、幽默及出人意表之處。例如主題看似嚴肅的〈老鼠砲〉即溫馨感人的上乘之作，頗值得一讀。根據澤木耕太郎於本書結尾的〈解說〉中指出，本書與一九八〇年出版的小說集《回憶・撲克牌》一樣，都有下列共通的特徵：

「文字很有視覺性，結構具有戲劇性，而且都是以回憶爲故事的主軸。」

再者，一般大眾對於其跨時空地跳躍式串聯記憶的寫法及敏銳的「閱讀記憶與觀察人性」的能力都賦予高度的評價。例如，向田邦子運用其敏銳的閱讀記憶與觀察人性的能力，於本書中清楚勾勒出已於一九六九年去世的父親身影。父親出身清寒，由寡母含辛茹苦養育成人。成長後的父親不苟言笑，時常嚴厲訓斥子女。儘管如此，向田邦子最後都以溫馨感人的獨特筆調寫出父親心地善良的特質，書中第一篇〈父親的道歉信〉即是代表作。

再者，〈車中百態〉一篇也是向田閱讀記憶與觀察人性的經典之作。文中結尾點出：「計程車是種很奇妙的交通工具，一下車便好像踏入不同世界，早就將車內的事忘得一乾二淨。隨著計程車的離去，記憶也跟著走遠了。」作品運用狹窄的計程車內的對話與外來的廣播訊息結合，呈現出許多出人意料的戲劇性情節與故事，間接反映社會現象及人生百態。

作家水上勉讀過《父親的道歉信》後，不但對向田的文采讚賞不已，且對其電視上的妙語如珠也讚不絕口。他曾對向田說：「如果妳致力於小說創作，相信一定寫得出經典傑作。因爲我曾以看小說的心情看過妳的《父親的道歉信》。」在此同時，他也指出：「儘管是車內百態或是家庭廚房景象，向田的眼睛總是能確切地捕捉到人生百態，並能深刻地描繪而賦予深邃的意義。」正因爲向田邦子將其洞悉人生百態的能力反映於作品上（例如因東京奧運及美軍駐日，歐美文化大舉入侵日本等社會現象皆於作品中有所描述），所以對現代日本人而言，本書給予他們一股既熟悉又陌生的親切感，有人稱之爲「鄉愁」。而《父親的道歉信》也就被定位爲一部反映日本昭和年代的「生活文化史」。正因向田邦子的作品如此撼動人心，因此，她因空難逝世後，電視傳播界爲了紀念她的豐功偉業及鼓勵後進編劇作家，特別舉辦被譽爲「編劇界芥川獎」的最高榮譽獎——「向田邦子獎」，而且自一九八六年以來，日本TBS電視台都推出向田邦子的新春特別劇，NHK教育台最近也曾以人物特集的方式專題報導。其作品《宛如阿修羅》等也陸續改編成電影、電視及舞台劇。目前有關她的相關作品及文獻資料多收藏於母校實踐女子大學的「向田邦子研究所」、「向田邦子文庫」及第二故鄉鹿兒島的近代文學館中。此外，日本各大書店每年舉辦盛大的「向田邦子書展」，以饗她逝世多年後仍繼續延燒、支持度始終不減的「向田邦子熱」書迷。

幾年前，國人相當熟悉的日籍作家新井一二三於《可愛日本人》一書中，將向田邦子視爲「日本的張愛玲」，並述及日本人盛讚向田邦子爲才女，其詞句「忽然之間已臻聖手之境」與才女張愛玲極爲相似，均爲彗星式地驚豔文壇，且寫盡男女情愛百態。相信對台灣讀者而言，除享受本書中向田邦子洗練的文筆外，或許也能讓我們提升閱讀記憶與洞悉人生百態的能力。

（本文作者爲輔仁大學日文系副教授）

譯序

我的「向田邦子熱」

張秋明

打從一開始，我就是個向田邦子迷。

一九八一年的暑假，我第一次聽見向田邦子的名字。因爲遠航墜機事件，一位知名的日本女作家意外喪生在異國的海島上。從連日來的報紙副刊中讀到了她的散文隨筆，從此便喜歡她的文字風格。例如當時讀到的一篇〈被壓扁的紙鶴〉，提到國小時的美勞課教摺紙鶴。她因爲從小跟在祖母身邊，十分熟習這類的手藝，摺完自己的之後，便到處去幫面有難色的同學。等到老師驗收成果時，但見同學們都高舉著紙鶴，卻發現自己的紙鶴不知何時已掉落在地上被踩扁了……詼諧的筆調，犀利地分析出自己的人生總是重複著「被壓扁的紙鶴」模式，也彷彿諭示著當她寫作生涯正要如日中天地展開時，眾裡尋她千百度的人們卻驚見她墜機事件的落幕。

當時的報紙還強調，日本各大書店爲了悼念她，紛紛設立了向田邦子著作專櫃。我以爲那不過是一種商業手法，及至後來讀了日文系，也到過東京工作之後，才發現與向田邦子相關的著作竟是推陳出新、延續至今。她個人親筆的新作固然隨著斯人已去而不復見，但書商還是有辦法將她早年擔任電影雜誌編輯的「編輯後語」、報章雜誌上訪談錄等集結成書；她的親朋好友也不時發表回憶的文章，透露形成向田邦子傳奇的小故事。此外也少不得學者專家試圖解析她的作品與內心世界的關聯，但結論總落在一個「謎」字。甚至出版社還舉辦了多次的「向田邦子的世界」展，展出她的作品、照片、服飾、文具、收藏、生活用品……宣揚她的生活美學。而每年TBS電視台則是重組她的作品要素，結合生前的好友導演（久世光彥）、演員（加藤治子、田中裕子、小林薰等）推出年度大戲的新春特別節目，形成慣例。至於她的經典劇本則是一再被拍成電影，成爲影展上的常客，例如前幾年東京影展大片《宛如阿修羅》（八千草薰、大竹忍、黑木瞳等主演）便是。

向田邦子一向很懂得吃，有一個專門收集美食資訊的小抽屜。因爲愛吃也會煮，所以與妹妹和子出了一本拿手菜的食譜，還開了一家小酒館「媽媽屋」（mamaya），賣些家常小菜。那年我在東京工作時還特別到位於赤坂日枝神社旁的小店，品嚐書中嚮往已久的「紫蘇番茄沙拉」、「辣味紅蘿蔔」、「檸檬蜜地瓜」、「炸豆腐香湯」……別問我滋味如何，畢竟事隔近十年，何況當時多少帶著緬懷故人的心情去朝聖，所以除了味美，已不復記憶。倒是手邊還留有那張印著「媽媽屋」的收據，夾在《向田邦子的拿手菜》食譜中作爲紀念。

在日本工作的三年間，我還收集到所有向田邦子的著作與相關資訊，自認十分了解她的生平，包含那段與台灣企業家的低調戀情。然而近來向田和子又出版了《向田邦子的情書》（麥田出版），公開了向田邦子一場不為人知的戀情，而且是與有婦之夫的戀情，讓已經延燒二十多年的「向田邦子熱」激起了更大的火花。「第三者」、「外遇」是向田邦子筆下經常出現的重要元素，常見一個家庭看似幸福美滿的男人，卻願意跟一個外表、氣質遠不如妻子的鄉下女子同居，甚至低三下四地幫她洗內衣褲。例如《宛如阿修羅》講的是一個四姊妹家庭的故事，以二女兒懷疑先生的外遇，牽扯出娘家老父的金屋藏嬌、孀居大姊的婚外情、兩個妹妹的感情問題等情節。關於外遇、第三者，處女座的我總認為那是不合禮教、缺乏自制的行為，還沒試著去了解便已經先拒絕認同。對於向田邦子描寫的奇怪現象，只當作是邊緣人生的一場畸戀看待。但是讀完《向田邦子的情書》——其實是男主角生前的日記和兩人往返的書信後，才發現原來這段感情不是我先入為主的情欲導向，兩人的相知相惜竟是那麼地令人哀矜不已。我也才知道原來她一再重複的外遇描寫並非只是譁眾取寵的人生鬧劇，而是充滿了人生況味的傷痛歷程。這恐怕只有親身經驗過的讀者才能體會的吧。

之前上東京時，又在書店買到了剛上市的新書《向田邦子，生活的樂趣》。二十多年了，連我都不禁要問：向田邦子何以對日本人具有如此歷久不衰的魅力？或許在窺探她的人生點滴時，日本人找到了一個典範——一個很平民風格卻活出自我的生活家。她不崇尚名牌，卻願意大手筆買同款不同顏色的愛馬仕襯衫好幾件，只因爲實穿好搭配。她喜歡旅遊，但走訪的卻是當年還很冷門的非洲、亞馬遜河流域等景點。她也買古董，卻不是爲了收藏，所以從生活照片中可以看見她用來插花的李朝白瓷瓶、隨意當作菸灰缸的青瓷雙魚碟。而那個令我讚歎不已的茶几，則是旅遊泰國時帶回來的銅鐘。還有她收藏的字畫、常去的店……因爲有她的堅持，所以才能如此耐人尋味吧。

誰說她的人生像是被壓扁的紙鶴？被壓扁是外在的肉體，但她豐富的人生似乎有著源源不絕的話題讓人們傳頌。至今日本社會依然高舉著有著向田邦子手澤餘溫的紙鶴爲她喝采。

目錄

父親的道歉信

前不久的深夜裡，有人送來一隻龍蝦。

就在工作告一段落洗完了澡，心想難得能和一般人一樣於正常時間就寢，正好整以暇地攤開晚報時，門鈴便響了，是朋友差人將剛從伊豆專車送來、裝在竹籠裡的龍蝦放在我家玄關地上。

這隻龍蝦生食切片足夠三、四個人吃，頗具分量，而且還很生猛活跳。

「龍蝦會跳動，開火時千萬壓緊鍋蓋。」送龍蝦來的人臨走前交代。對方人一走，我便將龍蝦從竹籠裡放了出來。心想反正牠也活不久了，不如賞牠些許的自由吧。龍蝦晃動著美麗的長鬚，步履艱難地行進在玄關的水泥地上。不知道牠黑色的眼珠看見了什麼？牠那吾人認爲是珍饈美味的蝦黃，如今又在思考著什麼呢？

大概是七、八年前的歲暮吧，一位關西出身的朋友不滿龍蝦的騰貴，於是提議直接到產地購買，並答應分我一些。

那些塞滿在竹籠裡的龍蝦放在大門口走廊上，因爲沒有屋內隔間，半夜裡龍蝦爬到了客廳。牠們大概想沿著鋼琴腳爬上去吧，隔天我登門造訪時，黑色噴漆的鋼琴腳已經慘不忍睹，地毯上也沾滿了龍蝦的黏液，就像是蛞蝓爬行過的痕跡。記得當時我還取笑朋友「貪小便宜，反而吃了大虧」，想到這兒趕緊將放在玄關地上的馬靴收進鞋櫃裡。

關在屋裡的三隻貓或許是聽見了龍蝦擺動螯腳的聲音，還是聞到了氣味，顯得騷動不安。

我有種想讓貓咪看看這些龍蝦的衝動，但終於還是打消了念頭。儘管說捕獵是動物的天性，但畢竟身為主人，眼看著自己的寵物做出殘忍的行為還是於心不安。

我擔心繼續看著這些龍蝦會起移情作用，於是將牠們放回籠子裡，收進冰箱底層後回到臥室。總感覺能聽見龍蝦蠢動的聲音，搞得自己難以安眠。

像這樣的夜晚肯定會作噩夢的。

七、八年前，我曾經作過貓咪變成四方形的夢。

現在所養的柯拉特（Korat）公貓馬米歐剛從泰國送來時，跟家裡之前養的母暹邏貓合不來，因此在牠適應前，我將牠養在寵物專用的方形箱子裡。

之前曾經在電視上看到關於「方形青蛙」的報導，說是江湖藝人事先將青蛙塞進方形箱內，然後用詼諧有趣的說辭將壓成方形的青蛙賣出去。買了青蛙的客人回到家打開一看，發現青蛙已恢復了原狀，而江湖藝人早不知跑到哪兒去了。當時我也覺得這則新聞有趣而跟著大笑，但笑聲裡總存在著一絲難以抹去的哀傷。

夢境中，馬米歐變成了灰色的方形貓，我抱著貓咪放聲大哭，直問「究竟是怎麼一回事」。後來被自己的哭叫聲驚醒時，眼角淨是淚水。我立刻起床探視貓籠，貓咪正蜷著身體睡得香甜。

關上電燈看著天花板，盡量讓自己不要想到那隻龍蝦，腦海中卻突然浮現出瑪琳・黛德莉（Marlene Dietrich）的面容。

那是電視上播放老電影《羞辱》（*Dishonored*）的片尾鏡頭。飾演妓女的瑪琳・黛德莉因叛亂罪將被槍斃，軍官一聲「射擊」令下，幾十個並排的士兵同時開槍。那設計眞是聰明，發號施令的人認爲不是自己下的手，開槍的士兵也能安慰自己「這一切不過是聽命行事罷了」。而且我還聽說，在那種情況下，士兵也不知道誰的槍枝裡裝進了實彈。

說到這裡，不免覺得一個人獨居也有不便之處。

決定要吃龍蝦的人是我，得動手宰殺的人也是我。一想到還在冰箱裡活蹦亂跳的碩大龍蝦，心情便很沉重，半睡半醒之間竟已經天色大白了。

隔天上午我抱著還有生氣的龍蝦跳進計程車，選了家中有年輕氣盛大學生的朋友家當作禮物相送。

玄關還殘留著龍蝦的氣味和濕黏的體液污漬。點燃線香除臭，趴在地上清洗水泥地板時，我邊怪罪自己：連隻龍蝦都不敢處理，難怪在電視劇中也不敢安排殺人的情節！

小時候，曾經在玄關前遭父親責罵。

擔任保險公司地方分公司經理的父親，大概是參加完應酬，三更半夜還帶著酩酊大醉的客戶回家。因爲母親忙著招呼客人、收拾外套和帶客人進客廳，從小學時代起，幫忙排好皮鞋的工作自然落在身爲長女的我身上。

然後，我得再趕到廚房燒水準備溫酒、按照人數準備碗盤筷子。接著又回到玄關，將客人皮鞋上的泥土刷乾淨，若是下雨天還必須將捏成團的舊報紙塞進鞋裡吸乾濕氣。

那應該是個下雪的夜晚。

媽媽說她負責準備下酒菜就好，於是我便到玄關整理鞋子。

七、八個客人的皮鞋都被雪水沾濕了，玄關玻璃門外的地面也因爲雪光而照得亮白。或許是縫隙鑽進來冷風的關係，連舊報紙摸起來都覺得冰冷無比。由於以前曾有將印著天皇照片的舊報紙塞進濕鞋裡被罵的經驗，我用凍僵的雙手搓揉報紙，一邊仔細檢查報紙的內容，此時，父親哼著歌曲從廁所走向客廳。

父親天生五音不全，是那種能將〈箱根山天下險要〉的歌曲唱得跟念經一樣的人。像這樣嘴裡哼歌的情形，幾乎半年才會發生一次。我一時興起，開口問：「爸爸，今天來了多少客人？」

「笨蛋！」冷不防便被怒斥一句。

「不是叫妳幫忙整理鞋子的嗎？難道妳認爲會有一條腿的客人嗎？」

只要算一下有幾雙鞋子就能知道客人人數，我實在不該明知故問的。

說的也是，我心想。

父親站在我背後好一陣子，看著我將塞好報紙的鞋子一雙雙併攏放好。像今天晚上人數眾多就算了，如果只有一、兩位客人時，我就會被念說：「那樣子擺是不行的。」「女客人的鞋子要併攏排好，男客人的鞋子則要稍微分開。」

父親坐在玄關上親自示範，將客人的鞋子順著鞋尖微微分開放好，「男客人的鞋子就是要這樣子擺。」

「爲什麼呢？」看著父親的臉，我很直接地反問。

父親當時不過三十出頭，爲了讓自己看起來顯得穩重威嚴而留了鬍鬚。這時他一臉困惑，沉默了半晌之後，有些惱怒地丟下一句「妳該睡覺了」便轉身往客廳走去。

我至今仍沒有忘記在問客人人數之前先數清楚鞋子有幾雙的庭訓，但是對於何以男客人的鞋子得稍微分開擺好則是多年之後才弄明白。

父親爲人潔身自好，認眞老實，唯有脫鞋子的方式跟常人一樣粗魯，總是胡亂將脫下的鞋棄置在玄關前的石板地上。

由於家裡常有來客，所以父親對於我們如何收拾客人鞋子，和孩子個人的脫鞋方式管教得十分嚴格，然而自己做的卻是另一套。趁著父親不在時，我不禁開口抱怨，母親才告訴我其中緣由。

父親生來不幸，從小是遺腹子，母子倆靠著針黹女工勉強過活，懂事以來都是寄宿在親戚朋友家。

因爲從小母親便告誡他必須將脫下的鞋子盡量靠邊放好，少年得志的父親有了自己的房子住，自然想隨心所欲地將鞋子脫在玄關正中央。這是新婚之際父親對母親說的。

藉由脫鞋的方式將十年——不止，應該是二十年的積怨表現無遺。

但父親卻有一次難堪的脫鞋經驗。那也是一個冬天的夜晚，戰況日益激烈，東京即將遭受猛烈的空襲。

穿著卡其布國民服、裹著綁腿、頭戴戰鬥帽的父親難得酒醉夜歸。當時的酒屬於配給制，即便是晚宴也幾乎不供酒，或許他喝的是黑市的酒。因爲燈火管制的關係，父親在罩著黑布的燈光下脫鞋，可是他居然只有一隻腳穿著鞋子。

原來是經過附近軍用品工廠旁邊的小路時，養在工廠裡的軍犬放聲吠叫。一向討厭狗的父親怒吼「吵死人了，閉嘴」，並舉起一隻腳作勢要踢出去，結果鞋子順勢飛出，掉到工廠圍牆裡。

「難道沒有綁緊鞋帶嗎？」母親質問。

「因爲穿錯了，穿到別人的鞋子。」父親怒吼般大聲回答後，便轉身回房睡覺。那隻鞋子的尺寸果然比父親的大了許多，是別人的鞋子。

隔天一早，我踩著結霜的泥地趕到現場。在狗叫聲中爬上電線桿朝工廠裡窺探，果眞在狗屋旁看到類似鞋子的東西。這時正好有人出來，我向對方說明原委後，對方才將鞋子丟出來，說：「妳是他女兒嗎？辛苦妳了。」

鞋子雖然有狗咬過的痕跡，但我心想反正它也很破舊了，應該沒什麼關係，還是將鞋子拿回家去。在那之後的兩、三天裡，父親就算和我四目相對，也會裝出一副若無其事的樣子。

那時候流行〈別哭泣，小鴿子〉這首歌，所以應該是昭和二十二、三（一九四七、八）年吧。

當時父親轉調到仙台的分公司服務。弟弟和我則留在東京外婆家通學，只有在寒暑假才回到仙台的父母身邊。當時東京嚴重糧食缺乏，仙台卻是個米鄉，所以偶爾回家，會覺得那裡的物資豐盛，宛如另一個世界。位於東一番町的市場裡燒烤鰈魚、扇貝的攤販櫛比鱗次。

當時最好的待客之道就是請喝酒。

保險業務員之中不乏愛好杯中物的人。光靠配給，當然不足以解饞，於是母親也學別人釀起濁酒來。先將米蒸熟，再加入濁酒麴，放進酒甕裡發酵，不時得蒙上舊棉襖或被子檢查發酵情況。到了夏天還得冒著蚊蟲叮咬的可能，鑽進棉被裡，附耳在甕上傾聽。

聽見「咕嚕咕嚕……」的聲音就表示釀製成功了，否則整甕的濁酒便壽終正寢。

這時，母親就會從儲藏室拿出湯婆子（註）到井邊清洗乾淨，然後用熱水消毒過後，裝滿熱水，綁根繩子，放進濁酒之中。經過半天的時間，濁酒便又咕嚕咕嚕地恢復了生氣。

但是如果溫度太高，濁酒會沸騰而變酸，如此便不能拿出來待客，只好用來醃漬茄子、小黃瓜，或當作小孩子的乳酸飲料，我們暱稱它是「孩子們的濁酒釀」。酸酸甜甜帶點酒味，對於喜好酒飲的我而言，是最棒的點心了。我還曾經聯合弟弟、妹妹多放了幾個湯婆子進去，而被父親罵說：「你們是故意釀失敗的吧！」

來客多時，準備下酒菜也是一件大工程。有時除夕夜趕夜車回家，才進門就得到廚房幫忙剝除墨魚皮，分量多得手指幾乎冰冷得失去知覺，剝好的墨魚還得切絲醃製成滿滿的一桶醬菜。當時正值幣制改革，家中經濟困難，而我卻還能到東京的學校就讀，內心自然有股虧欠感，所以也的確很認眞地幫忙做家事。

幫忙做家事，我並不引以爲苦，討厭的是酒醉客人的善後。

仙台的冬天酷寒。那些保險代理店、業務員等客人，冒著風寒沿著雪路，從營業單位來到家裡，聽著父親慰勞的話語，一杯又一杯地將濁酒灌進喉嚨，要不喝醉才是奇怪呢。尤其是業績結算日的晚上，家裡總是飄散著酒香。

有一天早上起床，感覺玄關特別寒冷。原來是母親打開玄關的玻璃門，將熱水倒在地板上。仔細一看，竟是喝到凌晨才離去的客人吐了滿地的污穢，整個在地板上結成了硬塊。

玄關吹進來的風，或許夾帶著門口冰凍的雪花，吹得我額頭十分刺痛。看見母親紅腫龜裂的雙手，我不禁氣憤難平。

「我來擦吧。」不理會母親「這種事情我來就好」的說辭，我推開她，拿起牙籤刮除滲進地板裡的穢物。

難道身爲保險公司分公司經理的家人，就必須做這種事情才能過日子嗎？對於默默承受的母親，以及讓母親做這種事的父親，都令我怒火中燒。

等我發現時，父親不知何時已經站在我身後的地板上。

他大概是起床上廁所吧，穿著睡衣、拿著報紙，赤著腳看著我的手部動作。我心想他應該會說些「眞是不好意思」、「辛苦了」之類的話來慰勞我。但儘管我有所期待，父親卻始終沉默不語，安靜地赤著腳，直到我清理完畢，還一直站在寒風刺骨的玄關前。

經過三、四天，到了我該回東京的日子。

在離家的前一個晚上，母親給了我一個學期份的零用錢。

本以爲那天早上的辛勞會讓我多拿一些零用錢，結果算了一下，金額仍舊一樣。

父親一如往常送我和弟弟到仙台車站，直到火車發動時，才一臉木然地說聲「再

註：一種用銅錫製成的扁瓶，內盛熱水，可置於被子裡暖腳。

見」，再也沒有其他的話語。

然而一回到東京，外婆卻通知我父親來信了。紙卷上寫著毛筆字，文章比平常還要正式，告誡我要我好好用功。書信的結尾，寫著一行我至今依然記得的句子——「日前妳做事很勤奮」，旁邊還加註了紅線。

那就是父親的道歉信。

身體髮膚

好久沒有受傷了，雖然只是輕微的擦傷。

零錢掉在玄關前的水泥地上，彎腰下去撿，起身時一不小心頭撞到了門把。左邊太陽穴附近留下了三公分長的傷痕，就像是貼了一條胭脂紅的毛線在上面，害我約十天必須瞇著眼睛走路。

四十年前，同樣的部位也曾受過傷。

那是剛上小學時的一個冬日傍晚。因爲全家要出門，我感到十分興奮。雖說是出門，其實不過是出去吃頓簡單的西餐和布丁，回程路上再買個玩具而已。但能穿上外出服，就是件令人高興的事了。

我已經先換好衣服，並將所有人的鞋子拿出來擺在玄關前。玄關的天花板很高，上面掛著一盞鈴蘭花形狀的黃色吊燈。

由於新買的長襪束帶很緊，我坐在階梯上，腳伸進父親的大皮鞋裡調整束帶的位置。紅色寬幅橡膠束帶上用兩條黃線縫著一道咖啡色的皮革。父親的皮鞋旁是母親的和服夾腳鞋，厚實的軟木鞋底貼著藺草鞋面。玄關正前方有衣帽架，上面那頂有著紫色蝴蝶結的灰色氈帽是我的，另外還有弟弟的黑帽和父親的呢帽。因爲搆不著，我不斷地向上跳，想取下帽子。好不容易抓到了，卻將整個衣帽架扯下來，割傷了我的眼角。

之後的情景我便完全沒有印象了。

倒不是說我當時昏迷失去了意識，但就是完全記不得。像這種情況，父親一定會怒火衝天，而且會斥責母親或拿祖母出氣，然後我會被送去就醫，那一晚的出門盛事肯定在慌亂中告終。但如今留下來的，就只是衣帽架滑落時的鮮明記憶，以及我不時用食指撫摸左眼角上一個小小疤痕的習慣。

我因爲跳上跳下而受傷，小我兩歲的弟弟也曾因爲跌倒，在相同部位受了傷。

弟弟五歲那年，父親爲他在庭院裡挖了池塘。從小輾轉投靠其他人家過日子，出生便是遺腹子的父親，大概很想給長子一個池塘，來放養自己釣來的鯉魚和鯽魚。

連地點也選在迴廊邊，好讓弟弟坐著攀住欄杆便能俯視。

父親汗流浹背地揮動鏟子，挖出一個相當大的洞穴，並用水泥加以鞏固，而且還很講究造型，邊緣呈自然的曲線設計，池邊還有水泥堆砌的小小假山。父親對手工藝一向很不拿手，現在回想起來，那應該是個做工粗糙的池塘。但是大家都知道一旦取笑他後果不堪設想，所以我只記得不管母親、祖母還是進出家裡的人，都一致稱讚父親的作品。

然而就在水泥凝固，即將灌滿水的時候，坐在迴廊邊觀看的弟弟竟然跌了下來，頭顱

求我跑步，於是父親挺身而出拜託校方：「這孩子剛病癒，請讓我代替她跑吧。」

結果父親夾在一群參加插班考試的女學生中，萬綠叢中一點紅地站在起跑點上。槍聲響起，他努力地往前跑，偏偏兩腳像是生了根一樣，不管心裡多焦急就是無法前進，正在緊張慌亂之際就被母親給喊醒了。

這件事是在慶祝我通過插班考試的晚餐桌上，聽母親提起的。

「妳能順利考上，都要感謝妳爸爸。」母親一邊盛著紅豆飯，一臉感動地如此表示。祖母也在一旁附和，「邦子有這麼好的父親眞是幸福」。說完，她背著父親用裝筷子的木盒戳我的屁股，低聲催促「還不趕快說聲謝謝」。

我心想：何必在夢中幫我跑步，還不如平常少點拳打腳踢與嘮叨責備。但如果我眞的說出這番話，肯定要吃排頭的。明知道很不合情理，但我還是必恭必敬地伏在榻榻米上，在飯桌旁磕頭道謝。愛笑的弟弟則是忍著笑，在一旁晃著他那福助玩偶般的大頭。

就以前的人來說，父親的身材算高大，玩起棒球或乒乓球，一群小鬼頭都不是他的對手，偏偏他就是不會騎單車。關東大地震時，父親跟朋友借了輛單車避難，事後卻怎麼樣也無法再騎回去歸還，迫不得已只好將單車扛在肩上，走一天的路物歸原主。

或許因爲自己不拿手，他便很討厭女孩子家騎單車。

「那種東西不是女生可以騎的。那麼想要的話，就去開汽車或騎馬！」

那可是三十年前的往事，說什麼開汽車或騎馬，根本就是天方夜譚。妹妹她們好像都偷偷在學，唯有身爲長女的我聽信父親「萬一我發現妳在騎單車，小心我當場把妳給拖下車」的警告，至今仍不會騎單車。

可是當我開始上班之後，竟流行起騎車郊遊來，公司同仁發起結伴同行。我這個人平常就很多事，又愛說話，自然被選爲幹事。等到計畫妥當，決定了郊遊日期後才猛然發覺，我根本完全忘了自己不會騎單車。

請柬都發出去了，怎麼能取消呢。我只好假借擔心當天的天氣不好或可能有突發狀況，想打消出遊的計畫，但事與願違，最後還是不得不開口承認實情取消活動。之後的一段時間裡，只要有人一提到「單車」這個字眼，同事們都會看著我竊笑不已。

礙於父親嚴厲的視線，我雖然不曾跨騎在單車鞍座上，倒是有兩、三次坐在後座讓別人載的經驗。那是動完盲腸手術，剛出院不久的事。

因爲體力還沒有完全恢復，走路會有點精神恍惚，加上剛考過插班考試，心想今天就算被父親看見也沒什麼關係，於是我大膽地緊抓著要好的同學肩膀騎車出遊。就在經過祐天寺附近的馬路時，被行軍的隊伍給攔了下來。現在當兵沒什麼了不起，但那時可是「軍隊通過，閒雜人等讓開」的時代。

旁邊和我們一樣被攔下來，看著這一群汗臭味薰天的卡其色隊伍走過的，是一輛滿載兔子的三輪車。後座行李台上放著大鐵籠，上面蓋著一張鐵絲網以防兔子逃脫，網眼中伸出白色的兔耳朵來。

從小生長在都市裡的我，從來沒有那麼近距離看過兔子，不禁伸出手來摸摸兔耳。不料就在這時行軍的隊伍走完，三輪車立刻快速前進。一隻兔子就這麼硬生生地被我拉著耳朵從網眼給拖了出來。

我一隻手提著拚命掙扎的兔子，立刻和同學一路追趕，但畢竟騎的是台破腳踏車，和三輪車的距離越拉越遠。經由路人的幫忙好不容易追上時，我們已經是筋疲力盡了，而三輪車的主人卻疑惑地看著我們。

我們不過是抓了一下兔子的耳朵，卻引來路人的圍觀，最後只好莫名其妙地道歉，將兔子歸還給主人。在圖畫或照片中看到的兔子，有雪白的皮毛，圓滾滾的很可愛、很溫馴，但實際提在手上卻不是那麼回事。

兔子頗具重量，反抗的力道也很強、動作很粗魯，而且想像中十分柔軟的皮毛觸感卻很是粗糙。直到現在我還記得兔子的耳朵有些冰冷，以及當時牠居然沒有發出任何叫聲。

送回兔子，正準備好好喘一口氣時，我突然覺得腹部有些不太對勁。因為剛剛手上提著兔子追趕三輪車時，右腹部就有種撕裂的感覺。

躲在電線桿後頭檢查了一下，果然盲腸手術過後縫合的部位，從中間裂開約一公分寬的傷口，滲出了透明的液體。

我心想糟了，卻不敢跟家人提起。偷偷背著母親塗紅藥水，提心吊膽地過了兩、三天後，傷口總算癒合了。

現在只留下一道像是用肉色蠟筆輕輕畫過般的傷痕。傷痕中間可以感受到蠟筆畫過的力道，就算是對三十五年前的那一天我隨意抓兔耳朵的懲罰吧。

提到了耳朵，還曾經發生過這樣的事。小學六年級的暑假，我們住在四國的高松。從海水浴場回家後，右耳因爲進了海水始終很不舒服。當時我記得在少女雜誌的附錄上看到可以將豆子放進耳內吸取水分，趕緊到神龕去找，果然找到立春拜神時用的炒豆子，於是拿起一顆塞進耳裡。似乎還眞的有效！剛剛拍打頭部時，發出的是彈西瓜般的撲通聲，豆子塞進去之後才有敲打自己頭殼的感覺。

可是這會兒又出現了新的問題，吸飽水分的豆子竟拿不出來了。不管是用牙籤戳挖，還是將右耳朝下用力搖晃也都無效。我害怕得整晚睡不著，望著漆黑的天花板，腦海裡浮現的淨是傑克和豌豆苗不斷長大的畫面。

結果隔天一早還是坦白跟母親說明原委，便立刻被帶到耳鼻喉科，用鑷子給取了出來。原本曾將那顆脹得發白的豆子留下來做紀念，但不知何時已散落不見了。

櫻花凋謝的時節，正是豌豆和蠶豆當令好吃的時候。

剝開豆莢，裡面總是並列著三顆或四顆的豆子。不管是三顆還是四顆，只要所有豆子都同樣大小、沒有被蟲啃蝕過，我就會有種幸福的感覺。

如果末端的那一顆瘦弱乾癟，就像分不到養分的老么一樣時，我的心情就會很悲傷。明知道雖然乾癟還是能吃，卻又很想順手丟棄——看來連剝豆莢這種小事，做起來也很傷神。

豆莢一迸開，裡面的豆子便四處散落。我們家四個姊弟妹如今各自生活，難得四個人一碰頭，自然會聊到兒時的種種。

身體髮膚受之父母
不敢毀傷，孝之始也

父親和母親小心翼翼地呵護著我們長大，但是小孩子卻總是出人意外地有了擦傷或身上腫了一塊。弟弟的額頭被頑皮小鬼用算盤敲出四個盤珠的凹洞、妹妹眼角的傷口在母親的和服上留下血痕……這些往事除了在記憶之中，早已不留任何痕跡。

隔壁的神明

有生以來第一次訂做參加喪事的禮服。

這件事我可不想大聲嚷嚷，因爲我已經四十八歲了。要是在一般的公司行號上班，像平常人一樣結了婚，走在正常的人生道路的話，參加婚喪喜慶的機會自然會增加，到了這種年紀擁有兩、三套冬季與夏季禮服也就不足爲奇了。偏偏不知道哪裡出了差池，我就是銷不出去，加上從事的是寫電視劇本的「不務正業」，遇到婚喪喜慶便隨便湊合衣服穿去參加了。

學校一畢業，找到工作時，父親便交代我說：「領了薪水先去買件正式的服裝，不管婚喪喜慶都能穿著去。」

年輕時的我居然也偏好黑色衣物，加上皮膚也黑吧，大家都叫我「黑妞」。一年到頭總是黑裙子配黑毛衣或黑襯衫。遇到有婚喪喜慶時，對方會特別寬容說：「黑妞，妳就直接那樣穿來吧。」

於是一有錢我便先買滑雪用的防風外套或是高爾夫球鞋，每年都跟自己說明年一定要做禮服，說著說著二十五年就這樣子過去了。

「少女易老衣難製」(原詩句爲:少年易老志難成)——這樣說應該不成詩句吧。可是每次遇到需要參加葬禮時,我都得煞費心思地翻遍衣櫥和抽屜,好找件合適的衣服讓自己在守靈夜或葬禮上不要看起來太醒目。我已經受夠了。

因此半年前我決定要訂做參加葬禮用的套裝,沒想到在商量過程中,母親的心臟出了問題。

「我就說吧!」我有點自己嚇自己,猶豫著是否該取消訂單。那位服裝設計師朋友看穿了我的心事,告訴我:「別認爲是做喪事用的禮服,就當作訂製一套黑色衣服嘛。我都是這樣子跟客人說的。」

雖說這只是職業性的說辭,但我還是很感激朋友細膩的心思,便維持原意繼續訂做。

還好母親的病很快便治癒了,做好的禮服也送到我手上。站在鏡子前試穿時,心情愉悅的我不禁一陣心驚——

我就像買了長筒雨鞋的小朋友期待雨天快來一樣,內心深處竟也有種蠢動,想早點穿這禮服亮相。

我心想:這缺點倒是跟父親很像。

父親是個急性子的人,或者應該說是沒什麼耐性。

買來的東西他立刻就想用,收到的禮物立刻就想一窺究竟。

客人來家裡拜訪時，送來了禮盒。

父親已經急著想知道裡面包的是什麼。表面上他會引領著客人前往客廳，煞有介事地寒暄聊天，但最後一定會找個藉口來到起居室看看。我們這群孩子很清楚他的習慣，早就聚集在餐桌前坐好等待。

「不讓你們知道人家送什麼來，晚上就睡不著覺吧，眞是受不了你們這些小鬼！」

他一副不太情願的模樣，但還是吩咐忙著爲他換上家居服、打點下酒小菜的母親：

「那就早點讓他們看看吧。」

然後，他則是氣定神閒地從敷島菸袋裡掏出一根香菸啣在嘴裡，悠然地點火。

母親是個做事細心的人。

就算是洗一把菠菜，也要一根一根地將紅色根部的泥沙洗淨，並整整齊齊地排列在竹篩上濾水才行。在這種情況下，她也是慢慢地解開禮盒上的繩子，將解下來的繩子對折或在手上捆成一卷，接著從髮梢取下一根髮夾，簡直是折磨人般地小心翼翼拆開包裝紙。

對母親而言，之所以仔細地拆開包裝紙，是爲了萬一要轉送人比較方便。但是生性急躁的父親這時候已經臉冒青筋，盤著的腿也開始打擺晃動了。

我們小孩子也曾想過：爲什麼性格如此迥異的兩人會成爲夫妻呢？看來我是比較像父親的，參加婚禮或宴會收到回贈的禮品時，我也是那種按捺不住想知道內容是什麼的個性。通常在離開會場的計程車上，車子才發動，我便已經撕開包裝紙。有一次立刻將禮品的花瓶捧在手上端詳時，發現隔壁同樣在等綠燈亮起的車子裡，一位中年紳士手上也捧著相同的花瓶在把玩。

我心想，這種行爲實在太膚淺，暗自發誓下次參加婚禮時，無論如何都得忍耐到回家才拆開禮物。可是好不容易坐車從芝公園的太子飯店忍耐到六本木時，整個人就像是憋尿一樣地渾身起雞皮疙瘩。我想這樣對身體有害，還是在途中便拆開了禮物。

若是期盼穿新雨鞋或是拆回禮倒還無所謂，但是想穿喪事用的禮服，問題可就大了。因爲，想早點穿出去亮相，不就等同期待親友發生不幸嗎？難道我眞的那麼想展示新衣服？眞的那麼愛炫耀嗎？我不禁感嘆女人的業障實在是很難克服的呀。

話說回來，關於參加葬禮，還有一件小事讓我頗爲在意。

那就是往生者的親人——甚至關係很親密的女性，總是頂著一頭剛從美容院整理過的髮型坐成一列，讓我一邊燒香，內心深處多少產生淒涼之慨。

在我的想像中，實在很難將爲死亡感傷的心情和坐在美容院的鏡子前讓人家上髮捲、吹整頭髮的行爲與時間聯想在一起。

不過我也沒什麼資格說別人。

爲了參加新內民謠演唱的小型音樂會，我穿了這件衣服赴會，好讓自己的心情能夠平復。那是個早秋微涼的下雨夜晚，斜飄的細雨沾濕了新做的黑色禮服。

應該是接近歲暮的十二月吧，而且是在早上九點左右。

廣播劇前輩作家城悠輔先生打來了電話。這麼早就打電話來，我覺得有些奇怪，但城先生平常交遊廣闊，或許是來邀約我參加什麼有趣的聚會，於是我雀躍地打著招呼：「近來好嗎？」

沒想到電話那頭傳來沉重的語氣：「津瀨宏昨晚過世了。」

因爲發生意外而猝逝。

我有種被打了一巴掌的感覺。

津瀨先生長我兩歲，也是我職場上的前輩。十二、三年前，我們曾經在廣播節目中共事過一段時期。他做事有男子氣概卻又不失細膩，十分關照當時還是新人的我。有幾次他還請我和製作人到新宿一帶小酌一番。

我很欣賞津瀨先生筆下的「戰時派父親的世界」。遇到傍晚搭計程車的時候，還曾經要求司機將收音機轉到津瀨先生所寫的「小澤昭一的小澤昭一風格」節目。

四十年來，我以一個女兒的眼光來觀察缺點很多的父親。

而津瀨先生卻融合了個人的經驗，從另一個角度爲我描寫出爲人父親的角色。

他將爲人女兒所無法理解的父親心情，以一種隨意穿插的方式解開了謎底。

自從我由廣播界跳槽到電視界後，就很少和他見面了。其實心裡不時期盼能跟他見面聊天、一起再到新宿的花街酒巷歡聚。問清楚葬禮的日期，掛上電話後，我無法專心工作，只能茫然地呆坐在沙發上。

將新做的禮服收進衣櫥時，我還期待，可以的話，第一次穿這衣服參加葬禮的對象最好是壽終正寢的人，而且和我關係不太親密，純粹是禮貌性出席的葬禮。

沒想到竟然會穿著它去參加如兄長般照顧我的津瀨先生葬禮，不禁有股很抱歉又難過的心情。

隔天就是告別式，那一天也下著雨。

神樂坂的寺廟前，撐著濡濕黑傘和穿著黑色禮服的人排成連綿的長列。我隨著人群依序準備上香，心想津瀨先生信的是菩提宗，所以選在這間禪宗的寺廟辦喪事，但是寺廟現代化的水泥建築，卻令人感到有些淒涼。禪堂中間六角形的祭壇裡傳來小澤昭一先生朗誦的祭文。聽著祭文，我想起了津瀨先生的作品：

一個父親因爲太太不在家，必須自己幫小孩換尿布。小孩是名女嬰，雖說是自己的親骨肉，身爲父親還是覺得有些困惑，偏偏又找不到替換的乾淨尿布。

用襪子嘛太小，

用手帕也不夠大，

拿桌巾來用則又太大了。

這已經是十幾年前的廣播劇，而且我才聽過一次，很奇怪地，我對這一段情節依然印象深刻。因爲我似乎可以看見笑聲爽朗、飲酒豪邁、喜歡一家又一家酒館接著喝的津瀨先生，也有他身為父親害羞又溫柔的一面。

我的父親從來不曾幫我們四姊弟換過尿布。說起來我倒是記得小妹剛出生不久，我還小學三年級時，有一次看見爸爸皺著眉頭、手指夾著骯髒的尿布往浴室去的身影。想來當時父親事後一定會煞有介事地拚命用肥皂洗手吧。對了，我們家連擦手巾也都是父親單獨一條，和其他人分開使用。

突然間，寺廟庭院裡瀰漫著烤魚的香味，好像是烤竹筴魚乾。都已經過了中午，難怪會發生這種事。但這和莊嚴肅穆的念經聲與祭文朗誦聲實在不相稱。我心想眞是糟糕，卻又猛然發覺——津瀨先生應該可以接受這些吧。不論是水泥蓋的禪寺還是從寺廟隔壁飄散過來的烤竹筴魚乾氣味，他都會以他那獨特的笑聲接納這一切吧。而且我才發現，原來擅長描寫這種突兀情景的人不是我或其他作家，而是津瀨先生呀。

祭壇上，津瀨先生的照片置於黑色緞帶裝飾的相框中，神情嚴肅。站在美麗的未亡人身旁的，肯定就是當年廣播劇中拿來當寫作範本的女嬰，如今已長大成人的他的女兒。

我父親在六十四歲時因心律不整而過世。那天他一如往常，下班回家後喝了一杯威士忌、看完摔角賽轉播便上床睡覺。半夜兩點左右，幾乎是沒有痛苦、沒有知覺地逝去。等我從工作地點趕回家時，他身上還殘留著體溫，但已沒有氣息了。

救護車離去後，我們一家四口圍坐在父親身旁，沒有人開口說話，也沒有人流淚。弟弟對母親說：「應該拿塊布蓋住臉比較好吧。」

媽媽神情恍惚地站起身，拿了塊抹布蓋在父親臉上。那是一條印有圓點圖案的抹布。我看著母親的臉，母親的眼神空洞，對眼前的一切彷彿視若無睹。弟弟默默地從口袋掏出白色手帕將抹布換了下來。

母親似乎不記得曾有過這回事。在葬禮結束一段時間後，我們提起當時的種種，她神情戚然地表示：「如果妳爸還活著，一定會生氣。我一定會被揍的。」邊笑邊說的同時，豆大的淚珠從眼角滴落。

也許小孩子的記憶容易誇大事實，我始終覺得母親做事比一般人都要細心。但是因爲父親生性暴躁又極嘮叨，母親大概是害怕被罵而緊張，往往在關鍵時刻偏出差錯。

有一次過新年，一切都準備得萬無一失。正當我們全家團圓要吃年糕湯慶祝時，母親爲了拿什麼東西而使用樓梯，結果手上的東西不小心滑落，將貼金箔的屏風給撞破了，開春一大早便被父親罵得狗血淋頭。

將抹布蓋在斷氣的父親臉上，也是屬於這種類型的錯誤。年輕的時候，我也認爲母親眞的是不夠機靈，但是到了今天，我才意識到父親所愛的原來正是母親這一點。

「妳實在有夠笨的了。」

出口怒罵，甚至動手打人的父親，其實比誰都清楚：如果沒有了母親，他根本就一籌莫展。

對於從小出生於不幸、個性乖僻扭曲、看人不看長處只看缺點的父親而言，偶爾犯下迷糊小錯、讓他大動肝火的母親，或許正是人生中不可或缺的潤滑劑吧。

「只要妳爸把氣出在我身上，就不會對公司的人發脾氣了。」母親說。

比起太過完美的回憶，多少存在些人性缺點的記憶會更令人懷念。看來瀰漫在津瀨先生葬禮的烤竹莢魚乾的氣味，以及父親臨終時蓋在臉上的小圓點圖案抹布，都將令我終生難忘。

我住在青山的高級公寓裡，隔壁是一間奉祀狐仙的神社。

固然名為「大松稻荷」，乍聽之下好像很大，其實不過是間小神社，正門的鳥居牌坊旁，種著一棵營養不良的中號松樹。

七年前，我剛搬進該公寓的第一個晚上，心想神社就在隔壁，應該先去打聲招呼。當我從路邊轉進牌坊時，竟然發現在小小神社旁邊的辦公室外，有一件不知誰忘了收的衛生褲，翻白的顏色在寒風中飄搖著。仔細一看，曬衛生褲的塑膠繩就纏在狐仙的尾巴和香油錢櫃之間。這麼一來，根本就搞不清楚是在拜狐仙還是衛生褲了？我覺得很掃興，將拿出的香油錢又塞回口袋，轉身離去。

一開始打了退堂鼓，之後就更難提起興致前去參拜，於是不禁覺得神明或是佛祖應該離自己住的地方遠一些會比較好。

我甚至覺得隔壁就住著神明，所受到的庇祐會比較少，自然就更懶得登門造訪了。

然而前不久經過神社時，看見一位中年男子倚靠在牌坊上脫襪子，然後赤著雙腳的他又從口袋中掏出包在塑膠套裡的黑色襪子，拿掉標籤後換穿上去。他黑色的西裝上別著喪符。最後他將褐色條紋的襪子收進口袋，對著神社一拜後便離去了，看來是要去參加葬禮。

突然間我覺得豁然開朗，拋出一枚十圓硬幣，低頭參拜。參拜隔壁的神明，居然花了我七年的時間。

紀念照

拍照是件困難的工作，但是被拍的人其實更辛苦。

「請笑得自然一點。」

只要人家這麼一要求，被拍的人表情就會變得不自然，而在相片上留下僵硬的笑容。忽然間我會很討厭那個對著照相機諂媚的自己，或者對那揚起嘴角但眼露凶光的神情感到怪異。尤其是一群人拍紀念照時，如何在同一個時間點露出自然的微笑，那才眞是困難之至。

我以爲這種情形僅限於不常拍照的人，專業的演員並沒有這種困擾。但似乎不然，日前我就親眼目睹了有趣的光景。

十一月份起我開始撰寫「聖子宇太郎」的電視劇本。拍攝宣傳海報時，我也在一旁觀看。主要演員森光子、小林桂樹、加藤治子等人配合攝影師的指示，每一次按快門時都露出了愉快的笑容。時間點掌握得十分精確，讓站在攝影棚角落的我讚嘆不已。看久了，也讓我發現訣竅所在，原來是主要演員之一的武田鐵矢帶頭發號施令。

當攝影師指示說：「麻煩各位了。」

武田便大喊一聲：「日暮里。」

所有人便一起笑了。

「再來一張。」

「上野！」

全員哄堂大笑。

「御徒町。」

「鶯谷。」

他連續喊著國營電車站的站名，好讓大家抓住時機展現笑容。

原來如此，我不禁佩服他想得出這種妙招。招數看起來雖然很簡單，但是只憑一聲吆喝就可以讓所有人同時笑出來的人格特質，恐怕也是萬中選一的吧。換作是我，突然大喊「秋葉原」，很可能只會引得大家面面相覷當場愣住，根本無法笑得開懷。

近來拍攝紀念照時，大家都會勾肩搭背，做出自然的表情，但在從前如果露出笑容是會被嚴厲斥責的。

我手邊就有一張小學五年級時，在鹿兒島平之町的家門口拍的紀念照，全家七人神情嚴肅地一字排開。

還記得拍照師傅要來的前一天，我們小孩子便會被帶去理髮。我當天一大早便起床了。其實也沒有必要早起，只是因爲過於興奮睡不著。我一遍又一遍地將排好在玄關前的鞋子擦了又擦，動不動就跑去摸摸母親前一晚為我們準備好的外出服而興奮不已。兩、三天前，我的鼻頭長了顆青春痘，儘管拍照的日子已近，卻沒有好轉的跡象，我不時擔心地用手去抓，反而讓它益發紅腫。父親見我又是用冷水敷、又是愁眉苦臉地照鏡子，責罵我：「又不是要拍妳的鼻子。」

母親趕緊央求父親：「拜託今天請不要發脾氣，你一生氣就會影響到孩子們的表情。」

「我什麼時候生氣了，妳在胡說些什麼！」語氣已經是怒火衝天了。

五歲的妹妹興奮地跑來跑去，結果從玄關前的石階上跌下來，擦傷了膝蓋而哇哇哭叫。

「我會瞞著妳爸爸，請照相師傅將妳鼻子上的青春痘修掉。」

我正因母親的安慰而鬆了口氣時，照相師傅剛好帶著助手上門了。

鹿兒島即使冬天也很暖和，因此我們決定到庭院拍照。先是從客廳搬出兩張椅子讓父親和祖母坐著，然後排定父親的旁邊是弟弟，祖母的身邊站著我和妹妹，媽媽則是抱著小妹站在後面，完成照片的構圖後，我已經覺得整個場景十分好笑。

首先，又不是過新年，好端端的一個大人居然頭上蓋著外紅裡黑的布幔，鼻尖冒著汗珠地鑽進鑽出。這已經很好笑了，而他還高舉著一個好像煎蛋用的銀色東西。一想到待會兒裡面會砰地一響，冒出白色煙霧，我就因強忍著笑意而渾身顫抖。

父親穿著印有家徽圖案的傳統褲裝，一臉嚴肅地整理鼻下的鬍鬚。祖母從袖口取出草紙大聲地擤鼻涕。

不知道是否以前的人都如此，還是只有我們家的人這麼做——擤過一次鼻涕的草紙絕對不會丟掉，而是收回衣袖裡，等風乾之後再度拿出來摺疊使用。

一向愛笑的弟弟終於忍不住大笑了。

「男孩子不可以亂笑，混帳東西！」

父親才罵完，鎂光燈便閃了，我們家的混亂景象也終於告一段落。然而如今審視這張泛黃的相片，卻發現照片中穿著金色鈕釦制服和黑色長統靴的弟弟握緊了小拳頭，強忍著渾身的笑意。更仔細地端詳，似乎從七個家人的身後可以看見原本不是拍攝背景的櫻島影像。因爲我好像聞到了茂密生長在後山上，刮大風的日子會吹落，並敲打我們家遮雨板的橘子和枇杷香。

二次大戰結束後不久，我從實踐女子專科學校國語科畢業。在那些畢業紀念照之中，有一張顯得很奇怪。

拍的是我一個人站在校門口，但是腳邊卻掉了一張十圓的鈔票。就像幣制改革時美軍印製的補給券一樣，抓兩把也只夠看場電影的幣值。那張鈔票不知道是什麼原因掉在那裡，總之穿著傳統褲裝、手拿畢業證書的我明顯地斜著眼瞪著腳邊那張發皺的鈔票。不見慶祝畢業的喜悅和嚴肅的心情，反而更在乎那張十圓紙幣的存在，看來在人生的起點上早已顯露出我志向不高的本性了。

我還聽過在結婚典禮後所有親戚朋友合拍紀念照時，居然夾雜了一個毫無關係的陌生人在裡面。那是發生在朋友女兒的婚禮上，一名形容猥瑣的老先生抬頭挺胸地站在最後一排的正中央。男女雙方都以爲他是對方的親友，結果不管問誰都說不認識他。

「會不會跟新郎新娘的過去有什麼關係呢？比方說是人家的私生子……」我滿心好奇地胡亂猜測，但是男女雙方可都是出自品行端正、書香門第的清白世家，打燈籠找也找不出任何的一絲醜聞。

結果只能當作那個老先生參加其他人的婚禮，卻在拍紀念照時搞錯了，硬是湊上了一腳吧。

或許你會說不可能，但我倒想起二十年前發生在外祖父身上的一段往事。

外祖父是木匠師傅，繼承了上州屋的名號，在戰前曾經有過一段好光景。後來因爲幫人做保失敗，從我懂事以來，他就是在麻布市兵衛町開家小店面，偶爾接些餐廳的裝潢、桌椅等零星工作過活。

他曾是麻布三聯隊的勇士，聽他講起在旅順突擊時受傷的故事，總是百聽不厭。平常不太愛說話，個性又很頑固的他，一旦模仿熄燈號的聲音，說起「新兵眞是可憐呀，晚上常常哭著睡著」，或是提起全盛時期在辰野隆先生的父親今吾博士的帶領下承攬舊東京車站的木作工程時，他就像是變了一個人似地眼睛發亮。他最愛聽志生說的相聲，兩人的面貌也有些相似。曾經有一段時間，我寄住在外祖父家，剛好聽說志生將在《每日新聞》的大會廳表演，我趕緊買了票送給外祖父。

到了那一天，外祖父很早便洗好澡，在腰間纏了一包愛吃的甘納豆便出門了。當時的東京到處都還是戰火過後的廢墟。

深夜，外祖父回來了，一句話也不說。固然他生性沉默，卻仍保有以前工匠的特質，就算吃了人家一顆烤番薯，也會拿下圍在脖子上的毛巾，規規矩矩地行禮致謝。

我有些擔心地問他：「怎麼了？」

「那種東西我聽不懂啦。」說完，他轉過頭去，自顧自地吸起了香菸。

「是志生說了新的相聲嗎？」我再一次詢問。

「志生根本就沒出來。」

聽起來不太對勁，再三逼問下，才知道外祖父好像是跑到《讀賣新聞》的大會廳，聽了一場小提琴獨奏會。因爲他在有樂町迷了路，拿出入場券問路人時，對方將《每日新聞》和《讀賣新聞》的大會廳給搞錯了。

「那個留著長頭髮的年輕女人，演奏的表情好像要爲父母報仇一樣。演奏時他們又不讓我中場離開。」

外祖父還不敢拿甘納豆出來吃，在裡面足足忍了兩個多小時。聽他的形容，演奏者應該是嚴本眞理女士。事實上日前有個雜誌的採訪工作，讓我有機會和嚴本女士見面。我本來想跟她提起這段三十年前的往事，但是一看到她秀麗端莊的神情，實在沒有勇氣說出如此荒唐的糗事，便告辭回家了。

不論是拍錯了紀念照或是弄錯了表演廳，似乎都只會發生在老年人身上，年輕人還不至於如此糊塗。

話說回來，我的外祖父名字叫做岡野梅三，遺憾的是我們從來都沒有合拍過照片。

小學五年級的時候，我從鹿兒島轉學到四國的高松。

父親的工作常需調職，我們光是小學就轉學了四次，從小便很習慣遷徙旅居的生活。那一天聽從父母的吩咐，跟同學以及辦公室的老師們告別，正準備回家時，班導師叫住了我，說是有事找我，要我待會兒再走。

K老師是剛從師範學校畢業的男老師。

他是種子島人，面貌白皙英俊，天生有種理想家的性格，就連習於挑剔別人的父親也很稱讚他。我獨自坐在空無一人的教室裡等待。

矗立在校園中央的兩棵大樟樹，今天將是最後一次看到了。工友忙著拔除奉安殿前的雜草。

K老師走進教室。

他身上穿著不太合身的西裝，我突然想到這應該是跟他的好朋友U老師借的吧。「我們拍張紀念照吧。」老師說完帶頭走在前面，我稍微落後地跟著他走出了校門。

「走路要距離老師身後三步，不能踐踏到老師的影子」，這種說法可是千眞萬確。我自然也是遵照規定行事。

我們走進鎭上的小照相館，並肩站著拍照。在鎂光燈閃爍之前，老師突然伸手搭上我的肩膀。

剎那間，我覺得肩膀像是熨斗燙過一般溫熱。照相師傅身上覆蓋的黑色布幔、從煎蛋器般的銀色機械裡冒出的白色閃光——這些過去總令我發噱的東西，這會兒都變得不再可笑了。

十二歲的我是個皮膚黝黑、身材纖瘦、眼睛很大的女孩子。因爲肩膀被K老師環抱著而露出困惑的表情，就像小孩子第一次喝醉酒般。這是我有生以來頭一回跟家人以外的男性合照。

之後我和K老師失去了聯絡，直到日前的重逢，中間相隔了三十年。因爲曾聽說種子島出生的男子都被徵調到沖繩且多半陣亡，因而當昔日的同學通知我這個費盡千辛萬苦得到的消息時，我驚訝得難以置信。

從鹿兒島小學校長一職退休後，老師目前仍從事和教育相關的工作。日前他來探視遠嫁到東京的女兒，給了我們重聚的機緣。

當我登門造訪位於郊區外的社區時，一名長相酷似年輕時K老師的少婦抱著嬰兒開門前來迎接。

K老師用了大半天的時間向我訴說將近四十名學生的概況，其中有些同學因爲空襲而去世了。當年滿頭青絲的老師已經白髮蒼蒼了，不變的是略帶鹿兒島腔的鄉音和聲音，讓我不由得想起了三十年前鹿兒島的鎮上風光——

學校旁邊那間名叫「枝元」的醬油批發店。

鎮民俗稱「野上宅」的豪華洋房、熱鬧的天文館街道和幽靜的聖法蘭西斯教堂。

我的皮包裡放著一台小型相機，因爲我想拍張K老師的照片好帶回去給懷念居住在鹿兒島時光的母親回味。

然而老師或許是忘記了吧，始終沒有提到三十年前和我一起拍紀念照的往事。我吃著老師招待的壽司，和老師的小孫子玩耍，直到傍晚才起身告辭而去。

大概是沒有拍照的關係，那台相機使得回程的皮包沉重了許多。

行禮

裝設電話答錄機已經有十年了。

近年來這種機器已經十分普及，所以比較少接到打錯的電話，但剛裝好的時候倒也因此帶給我不少樂趣。

「這裡是某某咖啡廳，請馬上送兩公斤摩卡和一公斤藍山來！」

「喂，某某說她一定要離家出走，所以……咦，怎麼了？喂喂……聽不見嗎？喂……呼呼（對著話筒吹氣聲），眞是怪了……嗯……今天的天氣是晴天。」

這還算是好的，有些人則是破口大罵：「開什麼玩笑嘛！」

也有人質疑「找不到躲債的藉口，故意裝女人的聲音騙人家不在，是什麼意思嘛」！甚至威脅今天之內要湊齊三十萬，不然就給我好看。當然這些打錯的電話跟我毫無瓜葛，而且我在一開始的留言也報上了姓名，說明目前有事外出，在我說完之後的訊號聲響後一分鐘內請留下聯絡事宜，不知道爲什麼還是會發生這些事。

有些人一分鐘的留言時間不夠用，必須再打一次錄製續集，其中最有意思的莫過於黑柳徹子小姐（註）。

「向田女士嗎？我是黑柳。」她好像一開始不這麼說便接不下去。迅速說完開場白後，她便滔滔不絕地說明：「這是第一次對著機器說話，實在不知道怎麼說，說得很有感情也不對，像報新聞一樣也很奇怪，眞是不曉得該怎麼辦才好……」就這樣，一分鐘的時間便到了。

接著她又打電話進來。

「向田女士嗎？我是黑柳。」

同樣的開場白，然後接續剛剛的話題。「一分鐘眞是快呀。別人怎麼有辦法在一分鐘內說清楚呢，大家的頭腦眞是好呀，我就沒辦法了……」說著說著一分鐘又結束了。

接著她又開始：「向田女士嗎？我是黑柳。我現在是從ＮＨＫ攝影棚的副控室打電話給妳的。因爲大家只聽見我一個人對著話筒拚命說話，都神情怪異地看著我，以爲我發瘋了……」說明情況之際時間又到了。

就這樣，她口若懸河地連續打了九通電話來，而最後竟然還說：「關於要說的事我們見面再談。」連續撥放來聽就成了逗人發笑的九分鐘個人脫口秀。

我心想獨樂樂不如眾樂樂，雖然沒有取得表演者的同意，凡是到我家來商談事情的製作人或客人都能欣賞到這齣餘興節目。直到目前還沒有人能打破黑柳徹子小姐一人連續留下九通電話留言的紀錄。

到目前爲止接到語氣最冷淡的電話，應該要算父親打來的吧。

「嗯……」不知爲什麼他總是先發出一聲低吟，粗聲報上自己的姓名：「我是向田敏雄。」然後咬牙切齒般地怒吼：「趕緊打電話到公司給我，我的電話號碼是××……××××。」

我還以爲哪裡惹他生氣了，打過去一問不過是有人送他能劇的招待券，要我去拿之類的小事情。父親在八年前過世了，這是我唯一一次聽見他在電話答錄機裡的聲音。

母親近來比較習慣留言了，剛裝好答錄機的時候，她的表現極具有個性。

「我是媽媽，喔……妳不在呀。」口吻顯然有些生氣。

「不在家就算了，跟機器說話也沒什麼意思，我要掛電話了。」聽到她的語氣彷彿就能看見她不滿的表情。

十年來接到的電話留言不乏特殊的內容，其中我最喜歡的是來自某個應該是中年婦女的聲音。

「我想我應該不需要報上姓名。」聲音優雅而穩重，語氣帶著謙虛與惶恐。「看來我打錯電話了。我不知道像這種情形到底該怎麼做才好……」

註：黑柳徹子（1933～），日本知名女藝人，同時亦以聯合國親善大使的身分從事各種活動。暢銷書《窗邊的小荳荳》為其作品。

她輕聲嘆了一口氣，說：「我還是掛上電話吧，眞是不好意思。」

最後是一聲輕柔的掛電話聲。

這就是所謂的教養吧，我腦海中不斷揣想著話筒另一端的她會是什麼模樣、穿著怎樣的服飾、生活在怎樣的家庭裡……肯定是個謙恭有禮的人。

大約半年前，母親的心臟有些不太對勁。說是突發性脈搏急速跳動，一時之間會增加到兩百下以上。雖然不至於有生命危險，但是母親和我們都感到不安，決定住院檢查。這年除夕就滿七十歲的母親身體一向很健康，除了生產坐月子之外很少躺在床上休息。這是她有生以來第一次住院，儘管醫生說只要一個月就能出院，不必擔心，她似乎還是做好了赴死的心理準備。

剛住院的兩、三天，簡直就是人仰馬翻。一到晚上她便抓著一把十圓硬幣到走廊上打公共電話，報告今天一天的檢查過程。

她所說的不外乎一天三餐不用張羅、生活很悠閒；菜色都顧慮到老年人的喜好和營養、護士小姐都很細心照顧……活靈活現得就像是電視記者的報導，有種強自爲自己打氣加油的意味。

不過從第三天起，報告的內容便急轉而下，時間也跟著縮短。第四天以後便連電話也懶得打來了。

好不容易將手邊的工作完成一個段落，一個星期後我去探病時，坐在床上的母親很明顯地臉蛋瘦了一圈。這一天剛好遠嫁外地的妹妹也回來了，難得我們四姊弟能齊聚一堂，然而離開時分卻變得有些尷尬。

我偷偷瞄了一下弟弟的手表，正在猶豫該不該提出「時間差不多了……」，母親竟然搶先說出：「我也該躺下來休息了。」

母親語氣開朗地說完後站了起來，一一將親友探望她時送的鮮花、水果分配給我們。幾經推讓，結果我們手上捧著比來時更豐盛的戰利品被趕了回去。

「有的病患沒有人來探望，你們這樣一大群一起來，媽媽覺得很不好意思，下次不要再來了。」身材最爲嬌小的她邊說邊在前面帶路。

「眞的，你們不要再來了。」再三叮嚀之後將我們送進了電梯裡面，就在電梯門即將關上之際，母親像是外人一樣，以從來沒有聽過的語調鞠躬道謝說：「謝謝你們。」簡直跟站在百貨公司一樓電梯口的電梯小姐沒有兩樣。

醫院的大型電梯足以容納病床進入，電梯門從兩邊緩緩闔上。母親身上披著妹妹親手織的褐色披肩，一頭白髮鞠著躬，身型顯得益發瘦小。我好不容易勉強按捺住想按下開門鈕、只爲了多跟她說說話的衝動。

我們四姊弟沉默不語地從七樓來到一樓，終於弟弟還是忍不住嘟囔一聲：「眞是受不了。」

小妹也說：「每次都是這樣。」

小妹每天去照顧母親，弟弟則約三天來探望一次。每一次母親都親自送到電梯口並鞠躬致意，而且「隨著人數的多寡，鞠躬的角度也不同」，弟弟說。

「今天我們都到齊了，應該算是最愼重的一次吧。」

我們笑說「媽媽就是這樣子」，一起往停車場走去，一路上大家都不敢讓彼此看見自己含淚的表情。

受到母親這麼正式的行禮如儀，那是第二次。

兩年前，我出錢讓妹妹陪著媽媽到香港做一趟六天五夜的旅行。

儘管她嘴裡念著「你們死去的爸爸會不高興的」、「這樣有損陰德」，但是她本性喜歡接觸新鮮事，年事雖高好奇心則不減。因此我不怕撕破臉地硬是將她送出門，因爲我知道她肯定會盡興而歸的。

妹妹和母親在機場接受手提行李檢查時，我在後面隔著透明壓克力牆看著她們在移民關人員面前打開手提包。

「有沒有攜帶刀子等危險物品呢？」移民關人員制式性地詢問。我也預期她們的答案是「沒有」。不料母親竟理直氣壯地回答：「我有帶。」

我和妹妹都愣住了。

母親取出一把大型洋裁剪刀。

我不禁大聲斥責：「媽，妳帶那種東西出來幹什麼呀？」

母親無懼於我和移民關人員的存在回答：「我只是想：出門一個星期，指甲會長長嘛。」

移民關人員笑著說：「好的，請收下。」

我到了裡面的候機室還在責怪母親：「爲什麼不帶指甲刀呢？」

「我臨出門才想到的嘛，一時之間又沒空去找指甲刀。」母親解釋之後還加了一句：「要是妳爸還活著，一定會罵我的。」看來她是眞的很沮喪。

我突然覺得很不忍心，悄悄地起身到花店買了一朵洋蘭胸花，還將價格從三千圓殺成兩千五。將胸花送給母親時，她反而大發雷霆。「我又不是什麼大人物，妳幹嘛要這樣亂花錢呢！」

母親堅持要我將胸花退掉，於是我們母女又起了爭執。還是妹妹看不過去，出面打圓場勸她說：「一輩子就這麼一次嘛，有什麼關係呢。」

母親這才高高興興地別在胸前，這時也傳來通知登機的廣播聲。跟著隊伍走向登機口時，母親猛然停下腳步，轉身面對著我。我還以爲她要揮手道別，很自然便舉起了右手，結果母親深深地一鞠躬，害得我也跟著一邊揮手一邊行禮，好像天皇陛下一樣。

我買了入場劵到陽台外送機。雖然是冬季，那天卻是個日暖晴好的天氣，萬里無雲的晴空中起起落落的飛機反射出閃亮的銀光。

看著母親搭乘的飛機緩緩地滑行，並改變了方向，突然間胸口像是被箍緊了一樣，我一心祈禱：「希望飛機不要墜落，如果一定要墜機的話，也請在回程的時候。」

飛機停止攀升，開始在高空中迴旋，我知道已經沒事了，不知爲什麼淚水竟然奪眶而出。心裡一邊笑自己，母親不過是到香港旅遊罷了，同時又想到剛剛發生的洋裁剪刀和洋蘭胸花事件，於是整個人就像陰陽雨一樣地站在那兒又哭又笑，止不住的淚如泉湧。

祖母過世是在戰事轉爲激烈之前，所以應該是三十五年前。當年我是女子中學的二年級生。

守靈的夜晚，大門口突然傳來一陣騷動聲，有人大喊：「社長來上香了。」

坐在祖母棺木旁的父親幾乎是踢開一旁的弔唁賓客般往門口飛奔過去，然後趴在地板上對著一位中年男子行禮如儀。

與其說是行禮，其實應該說是跪拜。在那個時代，石油已經受到管制，一般老百姓是不可能使用汽車的。父親在那間隸屬於財閥的大公司裡擔任一介小小課長，當然也沒料到貴爲社長會在員工家屬的守靈夜出現，所以才會那麼驚惶失措。那也是我頭一次看到父親那麼謙卑的態度。

從我懂事以來，父親的形象就是充滿了威嚴。他是那種對家人甚至連對自己的母親也會高聲叱責的人。加上後來擔任分公司經理的職位，我只看過父親高高坐在有牆柱可靠的上位，壓根兒都沒想到他會如此謙卑地對人行禮。

我一向都很厭惡父親暴君般的作爲。

他從來沒買過戒指送給母親，憑什麼自己卻能穿著漿洗得筆挺的亞麻西裝上班呢？憑什麼一有部下來家裡，就得大費周章地要大家幫忙招待呢？即使我們姊弟出麻疹或患了百日咳，他也毫不在意地照常上班，好維持他從不遲到曠職的紀錄。

看來這就是他以高小畢業的同等學力，不靠任何背景地從小弟幹起，贏得公司破天荒晉升的原因吧。我曾有段時間和過世的祖母住同一間房，可是我已經不記得參加祖母葬禮時的任何悲痛，只留下父親謙卑行禮的影像。原來在我們看不見的地方，父親是以這種姿態在戰鬥！於是對於父親的晚餐總比我們多一道菜、保險業績不盡理想的結算日幾乎是遷怒般的揍人行爲……我已經能夠諒解了。

直到今天，只要想起那一夜父親的模樣，我的胸口便一陣激動。

至少母親還曾經對我們姊弟鞠躬行禮過，而父親則是在六十四歲時因爲心律不整猝逝，所以根本沒有機會跟兒女們低下頭。晚年的他態度多少比較緩和了，但臨終前還是凡事大呼小叫，讓我們對他始終感到敬畏。

看見父母鞠躬行禮，是種十分複雜的感受。

不知道是不好意思還是困惑，總覺得有些奇怪、有些悲哀，卻又有些令人生氣。

儘管我明白對著自己養育長大的子女鞠躬行禮，正意謂著人會變老的事實，但是身爲子女，依然感到無比悲傷。

孩子們的夜晚

就在前些日子吧，一個和基督教相關的出版社來電，邀我就「愛」的主題寫一篇短文。

我平常幾乎是不信神的，而且認爲「愛」這個字根本就是外來語，既不熟悉，說出口還會覺得頗難爲情，因此加以拒絕。然而電話那頭的修女，輕柔的說話語調彷彿美麗的天籟，等我回過神來發現自己已經答應了對方。

掛上電話，我慵懶地躺在地毯上，雙手自然地貼著身體，放鬆全身的力量，然後用力吸氣，雙手邊往上抬，越過頭部觸碰到地毯。這是女性雜誌所教的偏方，連續做十次可以放鬆肌肉、消除疲勞。每當我寫劇本想不出台詞時，就會試著做做看。

明知道自己拉長了身子像曬魚乾似地思考「愛」的主題顯得很不莊重，但是我還是悠閒地在夏日涼爽的傍晚一邊伸展著身體，一邊回想第一次感覺到愛的存在是什麼時候。想著想著，自然有種幸福愉悅的感受，好像沉浸在神的恩寵之中，回過神來才發現自己早已打了一個多鐘頭的盹了。

睜開眼，周遭一片微暗，暮色已悄悄來臨。午睡後仰望著家裡的天花板，張貼著整片灰濛濛的壁紙，實在很煞風景。小時候看到的天花板才不是這個樣子，上面有木頭的紋路、節眼，在暗夜的燈光下看起來就像是動物或妖怪的形影。於是乎童年夜晚的點點滴滴，就如同抽動記憶的思緒般，一個接著一個浮現腦海。

小時候常在半夜被叫起床。

因為父親參加晚宴夜歸，帶了剩菜回來。由於當時的小妹還是嬰兒，所以總是由我帶頭，三姊弟穿著睡衣、身上披件毛衣或鋪棉外褂來到客廳。一臉通紅的父親坐在餐桌前迫不及待地宣布：「今天讓保雄先選好了。」

有時他也會討好長女的我。「上次是保雄先選的，今天晚上該輪到邦子了」，並用小碟子幫我們分配食物。父親帶回來的大都是些晚宴時沒人動過的小菜、冷盤，如今回想起來都是些相當豐盛的美饌。

連頭帶尾巴的鯛魚放在盤中央，周圍排列著魚板、甜糕、乾燒明蝦，甚至還有綠色的羊羹。我雖然受不了父親一身的酒臭味，但是平常愛罵人的他像變了一個人似的招呼我們「趕快吃」，而且又能將愛吃的東西一個個往嘴裡送，感覺還眞不錯。只不過我們實在太睏了，尤其是素有「睡覺大王」之稱的弟弟竟然是閉著眼，光嘴巴在動。祖母怕父親聽見，在一旁輕聲地對母親說：「眞是可憐呀，趕緊讓他們去睡覺吧。」

母親一邊瞅著哼著歌、高興地看著我們吃東西的父親，一邊阻止祖母繼續說下去。

後來，弟弟那顆比別人大上一倍的福助玩偶頭到底還是撐不住了，向前傾而打翻了自己的碟子。終於父親也看不過去，才說：「好了好了，你們去睡吧。」

我還記得被祖母抱在懷裡的弟弟手上依然緊緊抓著筷子，害得母親得用力一根一根地扳開他的手指才拿得出來。其實最想睡的人應該是父親，他常常靠在餐桌上或枕著手臂看著孩子們的吃相，不到十五或二十分鐘便醉意泛起，發出如雷的酣聲睡著了。

「好了，你們的爸爸總算睡著了。」祖母和母親也鬆了一口氣，將半睡半醒的孩子們帶回各自的房間就寢。

由於前晚神智不清，往往隔天一早起床看見留置在餐桌上的剩菜時，不禁懷疑自己昨晚是否眞的享用過了。排行老二的妹妹就經常哭訴：「人家沒有吃到！」

有天早上，看見庭院裡散落一地的剩菜。

原來又是爸爸半夜帶著剩菜回家，大聲嚷嚷「叫孩子們起來吃」。當時正値夏天，母親勸阻著「怕他們吃了會拉肚子」，結果父親就將剩菜扔到庭院，說：「是嗎，那就不要吃好了！」

曬乾變黑的鮪魚生魚片、黏在草地和石頭上的煎蛋卷，上面沾滿了蒼蠅。或許是故意要讓父親看見吧，母親打算等父親上班後才清理。父親則是拿著報紙遮住了臉，表情痛苦地吃著解酒藥。

孩子們半夜被叫起床並非只是爲了吃晚宴剩菜，有時可能是爲了一頂紫色的呢帽、黑貓形狀的天鵝絨包包或是童話書、羽毛球拍等禮物。我印象還很深刻，好幾次，父親拿著布料朝著我穿著睡衣的肩上比畫，問我：「怎麼樣，喜歡吧？」

這種時候，我們小孩子的裝扮肯定都是肚子上面圍著毛線織的腹帶。

三姊弟一字排開恭恭敬敬地對父親鞠躬行禮，說：「爸爸，我們先去睡了。」這光景看在旁人眼裡一定覺得很可笑，簡直就像是小無賴對流氓老大的禮敬儀式。隨著年紀漸長，我開始覺得穿腹帶令人感到難爲情，還好因爲父親調職，我和父母分開居住，才免除了這種裝扮。

比起一般小孩，我似乎很容易驚醒，常常在半夜裡發現大人在吃東西。起床上廁所時隨手拉開客廳的紙門，剛剛明明才聞到烤年糕的味道，眼前卻看見父親攤開書本、母親和祖母在縫製衣物，桌子上只有茶杯而已。

似乎以前的父母都會說，像香蕉、水蜜桃、西瓜這類水果小孩子吃了會拉肚子，而要等到孩子們睡了才享用。我稍微長大後才發現這件事。

因爲，媽媽讓我吃了一口香蕉，並說：「不要讓保雄和迪子知道。」僅僅只有一口。然後她又叮嚀說：「吃了香蕉不可以喝水喲。」

我很高興，有種被當成大人對待的感覺。結果隔天一早忍不住向妹妹和弟弟炫耀昨晚的事，而被祖母罵了一頓。

「小棉棉」——

這說法好像只有我們家裡的人知道，其實就是棉袍睡衣。母親是個手巧的人，會幫我們小孩縫製棉袍睡衣，並加上黑絨的領子。不知道爲什麼，從小我就叫它「小棉棉」，於是這也就成了我們家裡慣用的稱呼。直到我長大成人後，還以爲這個說法是全日本通用的正式名稱，等知道眞相時已經出了大糗。

小棉棉睡袍的圖案是什麼我已不復記憶，卻記得最喜歡的棉被花樣——深紅的底色上布滿了黃色、白色、紫色的煙火圖案。

有一天晚上，家裡來了客人過夜。

由於待客用的寢具不夠用，於是母親拿了一條霉臭的舊毯子跟我換我最喜歡的煙火圖案棉被。「就這一個晚上，妳將就用一下吧。」

接下來的情節是我聽來的。隔天早晨在餐桌上，一位客人稱讚說：「府上的小孩眞有教養。」

聽說半夜裡，客人房的紙門突然拉開，仔細一看，排行老大的千金——也就是我，跪在門口，必恭必敬地行禮後走進去，說了聲「失禮了」，便拖著那條煙火圖案的棉被走了。父親和母親連忙低頭道歉，而且事後還立刻追加訂製了客用寢具。

兒時夜晚的記憶，還伴隨著湯婆子的味道。

一到冬天，基於容易感冒的理由，我們家的孩子總是兩天才洗一次澡。沒有洗澡的那一天，晚上就會使用到湯婆子。吃過晚飯，探頭往廚房裡一看，祖母已經開始將熱水從墨綠色的茶壺往湯婆子裡灌。旋緊有把手的開關後，就會聽見如蚯蚓般嘶嘶鳴叫的水氣聲。然後她用舊浴巾將湯婆子包起來，外面再用繩子小心地綁好，說是怕小孩子碰到燙傷了。湯婆子到隔天早上還是溫熱的。我們各自拿著自己的湯婆子到浴室，讓祖母幫忙旋開，好用裡面的溫水洗臉。溫水裡有種日曬過後的金屬氣味。有時候白色琺瑯的臉盆裡還會沉澱黑色的細沙。

爲了不沾濕衣袖和胸口，我得提起腳跟洗臉。這時會聽見廚房傳來刨柴魚的聲音。昨天晚上用來燒熱水裝湯婆子的墨綠色茶壺依然在廚房的火爐上冒著水蒸氣，燒熱水是爲了讓父親刮鬍子和洗臉用。父親才不用湯婆子裡的溫水，不管什麼事情他總是要跟別人不一樣。父親湯婆子裡的溫水會倒在臉盆或水桶裡，讓媽媽用來洗衣服或清潔家裡。

二次大戰之前的夜晚似乎比較寧靜。或許是因爲當時家庭娛樂頂多就是收聽廣播節目，所以一到夜裡家家戶戶便陷入寧靜之中。

小時候，躺進被窩之後總還能聽見最後洗澡的母親使用水瓢的聲音、父親的鼾聲，或是祖母打開佛龕的傾軋聲、唱誦經文的聲音。記憶中還包含了後山的風吹聲、走廊上的腳步聲、家裡不知哪裡的木頭發出的嘎吱聲、老鼠在天花板上的喧鬧聲……都能在同一時間裡聽聞。連蚊子飛來飛去的聲音也都聽得一清二楚。

據說在黑暗之中，人對於味道和聲音的知覺更加敏銳。或許就是這樣的關係吧，我總覺得能聽到各種聲音。

其中最令我難忘的是削鉛筆的聲音。

半夜起床上廁所，經過走廊時聽見了熟悉的聲音。往客廳探頭一望，看見母親將我和弟弟的鉛筆盒放在餐桌上，為我們削鉛筆。

她將父親公司不用的要保單反面墊在木製的六角形鍋墊上，專心地削著鉛筆。用的刀片是父親不用的銀色長方形裁紙刀，輕薄精巧的造型在今日看來也很漂亮。儘管薪水不高，父親對於自己的日常用品卻很講究，之後我再也不曾看過同一款式的刀子了，或許當初他買的是舶來品。

隔天早晨到學校上第一堂課時，打開紅色皮革、內襯紅色絨布的鉛筆盒，就能看見削得整齊漂亮的鉛筆依長短排列其中。那個時代已經有削鉛筆機了，我們的房間裡也有一台，但我們還是喜歡用母親幫我們削的鉛筆。因為筆尖滑順，比較好寫。在我們姊弟小學畢業之前，母親每天都幫我們削鉛筆，從不間斷。

母親大概是一邊等著因應酬或開會遲歸的父親，一邊為孩子們削鉛筆的吧。冬夜裡，有時火盆裡的鐵壺會冒熱氣，發出糖煮金柑的香味，那是祖母煮的治咳嗽藥。夏夜，身旁則擺著蚊香，細細地飄出一縷輕煙。或許是因為白天忙做家事累了，偶爾也會看見母親手上還拿著刀片，趴在餐桌前休息。

對於小孩子而言，夜裡的走廊陰暗，感覺有些恐怖，廁所更是可怕的地方。但是只要聽見母親削鉛筆的聲音，不知道為什麼心頭自然能平靜。安心地上完廁所後，在回房間前順道探頭瞄一下母親的身影，然後鑽回被窩繼續做未完成的夢。

我試圖探索記憶中的愛，眼前卻浮現童年硬被叫下床吃宴會剩菜的畫面和父親的身影。父親為了應酬喝酒，或許已經喝醉了，滿臉通紅、前搖後晃地回家。儘管母親和祖母在一旁皺著眉頭，他還是高高興興地為孩子們夾壽司、分配食物。

還有晨光中散落在草地上沾滿了黑色蒼蠅的鮪魚生魚片和煎蛋卷、深夜在走廊上聽見母親削鉛筆的聲音……當我嘴裡提到「小棉棉」時，這些光景便再度浮現在我的腦海裡。

我們姊弟每晚都包著它睡覺，有了它才讓我們一夜好眠直到天明。

但是我如何能將如此瑣碎無謂的小事刊登在基督教刊物上呢？何況內容也不夠豐富。所以我決定還是下次浮現有關愛的回憶再說吧。

細長的海

最近，我的小錢包夾口故障了。

或許是我的怪癖，一如鞋帶或腰帶我總是要綁到最緊，錢包夾口如果不能清脆地發出「咔」一聲，感覺上進進出出的金錢便不能控管好，心頭就是不舒服。於是上銀座時，順便到百貨公司的皮包賣場逛了一下，東挑西選了一番，正準備空手而返時，拿起了放在角落的那個圓形紅色錢包，突然間腦海中閃過一個畫面。那是幾十年前，某個早已遺忘的海邊光景。因爲當時我們住在四國的高松，所以應該是三十五年前的往事了。當時我是個國小六年級的學生。

我和一位女同學走在堤防上，兩人剛游玩完泳回來，頭髮是濕的，海風吹得皮膚有些乾澀，有一種游完泳後小睡一番的舒暢感。因爲泳技進步一些了，我的心情很好，邊走還像玩沙包般地向上拋擲著手中的紅色小錢包。

迎面走來兩名水手。當時高松有個叫「築港」的碼頭，或許在戰時有軍艦停靠在那兒。兩名水手望著堤防邊垂釣的人們，慢慢地朝我們這裡走過來。

小學三年級的時候，我曾在校內表演活動時跳過「海鷗水手」的舞蹈。我第一次這麼近地看到眞人水手，自然心跳得很厲害。結果就在四個人擦身而過時，走在前面的水手突然伸出手來，一把抓住我抛擲在半空中的錢包。

女同學睜大了眼睛看著我，我想她吃驚的表情跟我是一模一樣的。當時的軍人代表一種絕對權威的存在，被水手一把抓住錢包，就相當於被警察當成小偷看待一樣。

記憶到此便斷了線，但我還留存繼續使用那個紅色錢包的印象，大概事後水手表示「只是開個玩笑」而將錢包還給了我吧。回憶中的畫面停格在一個雙腿瘦長的女孩被擦身而過的水手一把搶去紅色小錢包後，一副呆若木雞的傻相。那一天，瀨戶內海難得起風了，海浪拍擊堤防的左側，發出陣陣的浪濤聲。

常記在心底的海水浴場是鹿兒島的天保山。

四十年前鄉下地方的海水浴場其實很簡陋，不過就是有著用葦棚圍起來的更衣室和撐著黑色遮陽傘賣彈珠汽水、水煮蛋的小店而已。

每到星期日，我們就會從鹿兒島市的家裡到海水浴場來。帶隊的人通常是祖母，我和弟弟戲水的時候，她撐著洋傘坐在沙灘上，隨時看著母親借給她的手表，每隔十分鐘便揮揮手帕讓我們知道時間。

因爲在前一年我生了場大病，醫生交代：到海邊游泳時，必須浸泡十分鐘後離開海水十分鐘。

我的內褲在天保山海水浴場的更衣室被偷了。那時候什麼東西都是自製的，我的「燈籠內褲」也是母親用白色棉布親手縫的。中日戰爭雖然已經開打了，但還不至於到衣料匱乏的地步，所以我不懂為什麼一件小孩子的、而且是手縫的內褲會失竊呢？總之我上上下下翻遍了整個置物籃，就是找不到。

從天保山到位於市區的家裡必須搭乘巴士才行。祖母看不過去我一臉委屈的神情，要求當時讀小學一年級的弟弟，「把你的內褲借給姊姊，反正你直接穿上外褲就可以了」。

弟弟平常動作都慢吞吞的，只有那一天很快便收拾好東西，一邊用手緊抓著褲頭，悶不吭聲地凝望著大海。

我只好緊緊抓著裙襬搭乘巴士回家。那一天在晚餐桌上，母親跟正在喝啤酒的父親報告此事。

「混帳東西！」父親猛然大叱一聲。

「兩個人都不對。保雄不是男孩子嗎，為什麼不將內褲借給姊姊呢？眞是丟我們男人的臉。」

弟弟淚眼婆娑地瞪著我。

「邦子也不對，既然是這麼重要的東西，下次就穿著去游泳！」

發生這種事已經夠難堪了，還要被一再重提。而父親的說法卻又讓我覺得莫名其妙，搞得我更加不高興。

祖母趕緊出面打圓場：「好了啦好了啦，下次兩個人脫下來的衣物我都背在身上保管。」這說法簡直是在取笑人，我聽了更生氣。一向愛笑的母親強忍著笑意幫父親斟啤酒，她的樣子也讓我火冒三丈。我嘴裡說著「吃飽了」，回到房間後淚水已止不住地氾流。我擔心流淚的樣子被父親看到又要討罵捱，便偷偷躲進了廁所。才剛擦乾了淚水，父親竟走進了隔壁的廁所。從前的廁所一進門便是男生的便斗，接著左推、右推或拉門之後的才是女用廁所。

自己正在上廁所時，父親也隔著一塊門板在方便，那種感覺不太好，我只好極力屏住呼吸不讓他發現我在裡面。

大概是喝了啤酒的關係，父親方便的水勢浩大，其中還夾雜著笑聲。父親不停地大笑著。儘管剛剛在餐桌上高聲怒斥，父親也覺得這件事很好笑吧。我不禁感到我的父親實在是很奇妙的人。

我曾經在游泳時和朋友不期然相遇。

那是在鎌倉材木座的外海，說是外海，其實不過只是離海岸約一百公尺的距離，但畢竟很難得會在這種地方碰到熟人。我一邊享受著美麗的海濱風光，一邊悠閒地划水游泳，就在覺得可能離岸太遠了正要回頭時，遇見了十年不見的老朋友。

他是我在上班族時代認識的朋友，任職於國外的通訊社。

「哎呀，好久不見了！」

「是呀，眞是難得能遇見妳。」

就這樣，我們在海水中直立著游，彼此寒暄十年來的近況。對方成長於湘南海岸，單單拍動手腳的立泳對他而言就像是站在路邊閒聊一樣輕鬆。我就不行了，加上又是回程的途中，只好仰躺著繼續聊天。隨著海浪的波動，我們的身體偶爾會有些許的碰觸。儘管是在海水中，我穿著幾乎是比基尼式的泳衣，躺著和旁邊半裸的男性應對，說起來還是不太莊重，我覺得十分難爲情。

我們聊得差不多了，開始往岸邊游回去時，途中我被鰹魚烏帽子給螫傷了。

鰹魚烏帽子是一種管狀的水母，船形的身體是由透明的軟骨所構成的，底下垂著透明、細長的足鬚，長度是墨魚足鬚的三倍。我就是被牠的細足給纏住了手臂，感覺一陣灼熱與刺痛。雖然當場便甩開了，但由於剛剛在海水中立泳的疲憊與手臂的疼痛，不小心喝了不少的海水，游回海岸時幾乎站不起來。

當晚手臂便紅腫了一倍大，一如被鐵絲網烙下的痕跡，上面有著三圈傷痕。傷痕直到隔年的春天還明顯留在手臂上，許多人問我是不是被繩子綁的，爲了解釋原因，我簡直是汗流浹背。聽說鰹魚烏帽子別名又叫做「葡萄牙軍艦」。

我有過一次溺水經驗。

也是發生在小學六年級的時候。由於剛學會游一點泳，所有的學生必須練習一個個從跳水板上跳下水後游回岸邊。我跳下水，正準備開始游泳時，忽然有人緊緊摟住我的脖子。原來是緊跟在我後面跳水的男生腳抽筋了，一時間痛得受不了，抓住了我。

聽說在這種情況下，人們會回憶起許多畫面，不過可能因爲我還是個小孩，並沒有看見什麼。我只記得脖子後面一陣溫熱，不知是誰的手緊纏著我的脖子，我拚命地想甩開。

等我回過神來，人已經躺在沙灘上，周遭圍上了七、八張關心的臉，正中央是蔚藍的天空。不記得是課外教學的老師還是工友端來熱薑湯給我喝，或許因爲是有生以來第一次喝到，我記得好喝得不得了。

該說是從前的小學管理很鬆散嗎？老師既沒有跟我說聲抱歉，我也是一個人走路回家。在回家路上我突然才發現，有個男生躲躲閃閃地跟在我後面。

就是剛剛那個因爲腳抽筋害我差點溺水的男生。我看過他卻沒有和他交談過。他默默地跟在我後面，時而攀折籬笆上的樹葉，時而踢踢路上的小石頭。

我故意放慢腳步，心想你要道歉就趕緊說吧，可是對方一見我放慢腳步，也跟著減緩速度，始終沒有走上前來。

回到家爬上二樓的書房，從窗口向下望，他就站在馬路對面，游泳時所戴的紅色泳帽用繩子束了起來，鼓成球狀，裡面大概包著濕掉的泳褲吧，水珠滴滴答答地落在腳邊，暈濕了一大塊。

當我決定從窗簾裡探出頭時，聽見母親溫柔地呼喚著「邦子，吃飯了」，便下樓去了。

鹿兒島的海灘位於錦江灣的內側。眼前就是櫻島，有著名副其實的白沙青松，是個海浪平靜、風光明媚的海灘。近年來已經成爲觀光勝地，遊客如織。但是在二次大戰前卻很幽靜。

那附近有島津別墅，可說是距離市區頗近的高級別墅區。山緊逼著海岸線，沿海的公路上有許多賣當地名產「醬波」的小吃店。

「醬波」是一種以醬油佐味的糯米餅，約一口大小，上面插著兩根如竹筷子對折長度的木棒，所以當地人稱之爲「兩棒」，以訛傳訛的結果變成了現在的「醬波」。這是愛說典故的父親一邊吃著醬波一邊告訴我們的。

由於母親很喜歡吃醬波，住在鹿兒島的時候我們一家常去海邊玩。

我們總是會租個面向海洋的包廂，父親喝啤酒，母親和我們小孩子點一大盤醬波吃。然後父親睡午覺，母親和我們有時一起眺望櫻島，有時在沙灘上玩，度過一個悠閒的午後時光。

那應該是不適合游泳的暮春時節。

跟往常一樣，父親在包廂裡喝啤酒，我們則是等著醬波烤好上桌。對大人來說，欣賞風景可以怡情養性，但是對小孩子而言，就只覺得很無聊。當時讀小學四年級的我，一個人穿上鞋子走到包廂前面玩耍。每個包廂和包廂之間的通道寬度只能容納一個大人通過。我穿過通道前往計程車穿梭的馬路邊觀望，看看沒什麼好玩的，於是又經過狹隘的通道回到家人聚集的包廂裡。

這時從海邊走來一位漁夫，赤裸的身上只綁著一條丁字褲，他一個人便將通道給擠滿了。爲了讓他通過，我身體緊貼著包廂的木板牆壁，突然覺得牆板的味道很像新年時用來裝飾大門口的馬尾藻一樣。接著我發現上身被人撫摸了，那個漁夫居然對我性騷擾！

正當我驚嚇得叫不出聲音來時，傳來了父親響亮的說話聲，漁夫便匆匆離去。

一時之間，我就這麼緊靠在牆板上，凝視著夾在包廂之間外的細長海洋。

我沒有馬上回到包廂裡，而是先到外面的井口邊洗手。生鏽的打水器發出嘎吱嘎吱的聲響。我用力搓洗乾淨後，從口袋掏出手帕擦乾。

手帕的一角有母親用毛筆幫我寫的名字「向田邦子」，字跡因爲滲水而褪落了。好像自己的名字頭一次被旁人知道了，有種奇怪的感覺。

我慢慢地摺好手帕，然後轉身走回包廂裡，對剛剛發生的事絕口不提。

我不記得那名漁夫是年輕小夥子還是上了年紀。爲什麼事發當時我沒有大聲呼救？明明手又不髒，何必硬要洗手呢？當時的心境如何，如今我似乎有點明白，但若是訴諸言語又顯得造作虛假，於是決定不提爲妙。

已經將近七年不曾到海邊游泳了。

以前作過游泳的夢，也曾夢見被人追趕，奔逃在海浪之間，最後因爲腳步沉重而驚醒。但是近來已經不作那些夢了。那種在晚上晾濕泳衣，隔天穿時覺得不是很乾的不快感受，還有在礁石之間的水窪游泳時，小魚在腿肚子上碰觸的感覺，都已經離我越來越遠了。

印象中最美麗的海洋，要算是五年前看到的。雖然宛如薄荷果凍的加勒比海、有著味噌湯色澤的泰國班森海、冬日波濤洶湧的多雷多海，還有祕魯南部的貝多班特海（站在礁岩上可以早晚兩次眺望成千上萬隻企鵝結隊入海覓食沙丁魚）也很精采，然而感覺上國外的海洋就連拍擊浪花也是發出外文的聲音。日本的波濤不論是嘩嘩作響還是驚濤裂岸、波瀾壯闊，發出的都是日文的聲音。

也許從小生長在這裡，自然有偏愛的嫌疑，總覺得日本的海洋也許沒有驚豔之美，卻多了份溫柔。如果硬要我從其中選出最美的一處，不知爲什麼，那個曾經讓我有過難堪經驗的細長海洋，竟成了我最懷念的海邊。

吃飯

其實我不太習慣走「行人天堂」（註）。

都說可以大搖大擺地走在快車道上了，如果還在人行道上散步就顯得有些小家子氣，可是偏偏我又覺得走在大馬路上不是很安心。

難得有機會可以走在大馬路，總覺得能走時不走好像有些對不起自己，但儘管這麼想，兩隻腳卻因為長年累積的慣性，搞得心裡很不舒坦。

這種心情就像是參加不拘禮數的宴會一樣。

十年前我還任職於出版社時，往往在一年一度的忘年會之後有續攤。參加的人不分職位高低，管你是總經理還是小職員，在宴會中都能暢所欲言。被批評的人也不能記恨，所有人盡興地抒發一年來的不愉快。

於是有人會趁著酒意朝上司進攻。這種情況下，如果腦筋太過清醒便會跟整個場面格格不入，最好借酒裝瘋跟著起鬨。

註：假日將鬧區馬路劃分為行人專用、禁止汽車駛入的措施。行人徒步區。

於是我也故意跟著大家對上司大呼小叫。

其實內心裡冷汗直流。

這就是人情之常吧。

反正隔天醒來，一切又恢復正常。儘管擔心萬一演得太過火會被報復，還是放縱自己把握機會抒發怨氣。

那是一種舒暢與不自在並存的感覺，甚至內心覺得很過意不去。

我還記得穿著鞋子走在榻榻米上時，也有同樣的心情。

那是發生在距今三十二年前，東京大空襲的那個夜晚。

當時我是女中三年級的學生。

原本被徵調到軍工廠爲車床工，負責製作炸彈的零件。後來因爲營養不良，得了腳氣病，便在家休息直到戰爭結束。

其實大家都很清楚，白天空襲通常不過就是一、兩架運輸機飛過，或是偵查地形而已，不會表現得緊張兮兮。所以每當空襲警報響起時，我們家的黑貓就會叼著小貓躲起來。我看到黑貓的動作之後才抓起一本書，慢條斯理地躲進防空洞。

書是舊書店買的《明星》電影雜誌或女性雜誌附錄的食譜。一邊看著圖片中克拉克・蓋博（Clark Gable）和克勞黛・考爾白（Claudette Colbert）的白色豪宅，不禁發出羨慕的嘆息聲。

我是標準的軍國少女，成天高喊著「英美畜生」的口號，卻偏偏不把好萊塢那一塊地方當作是敵國看待。我還記得電影雜誌上像貓咪一樣的女星西蒙・仙諾（Simone Simon）穿著黑色緞面的禮服，腳上的高跟鞋尖形狀十分怪異。

一邊翻閱著食譜，一邊計畫今天要吃什麼好菜。其實連材料都沒有著落，只是津津有味地研究作法。在腦海中描繪出各式各樣的山珍海味，想像品嚐美食的情景。

像「焗烤淡菜」、「奶油燉雞」等光聽沒吃過的法國名菜，都是在防空洞中學會作法的。

書上還教人怎麼享用「奶油泡芙」，正覺得垂涎欲滴時，後面又提到「淑女是不可以在大庭廣眾下食用奶油泡芙的」，害我頓時跌入失望的谷底。

三月十日。

那一天的白天，住在蒲田的同學約我一起去海邊挖蚌殼。

晚上才剛睡著就被防空警報聲給驚醒，黑暗中我正想抓著白天挖到的蛤蜊往外逃時，被父親給一把推開。「笨蛋，拿那種東西幹嘛，丟掉！」

廚房的地板上，蛤蜊散落了一地。

這是當天晚上所有慌亂的序曲，跑到門外，整個街頭的天空已是一片通紅。我們家就在祐天寺附近，對面的麵店直接受到燃燒彈的攻擊，一時之間便冒起了大火。

父親身爲村里幹事，不能不出面處理，於是交代我和母親留下來看家，要讀中學一年級的弟弟帶著八歲的妹妹到賽馬場後面的空地避難。

父親叫住了正要往外跑的弟弟和妹妹，將夏天用的亞麻涼被浸在消防水桶中，吸飽了水分後蓋在兩人身上，然後幾乎是用斥責的語氣趕他們上路。這條涼被有著淡藍色的布邊，中間是秋天花草的圖案，我很喜歡，不禁在心中嘆息：「好可惜！」但是想到剛剛的那些蛤蜊，我沒敢說出口。

然而之後根本無暇顧及那張涼被和那些蛤蜊，我也沒辦法繼續讀《明星》雜誌和食譜了，因爲火勢逐漸逼近了。

空襲——

不知道這個詞是誰決定的，的確是來自空中的襲擊。通紅一片的天空中飛來黑色的B29戰鬥機。當時還不流行怪獸的說法，來來回回盤旋的戰鬥機看起來就像巨大的飛鳥一樣。

門口的馬路上有許多拉著滿載家當的拖車、扶老攜幼的逃難人群。隨著火勢漸烈，有些人甚至得沿路拋棄行李。人群經過之後，留下的一輛三輪車上孤零零地坐著一位被家人拋棄的老婆婆。父親走向前時，看見她默默地流淚。

漫天火焰中傳來陣陣的狗吠。

儘管政府規定要將飼養的狗交出去，還是有人家偷偷地養。大概是來不及帶著逃跑，狗還拴在房子裡。不久之後，淒慘不似狗吠的野獸嚎叫也停止了。

隨著火勢的延燒，颳起了大風，四處飛起了明信片大小的火花。空氣十分燥熱，一呼吸，鼻子和喉嚨便灼熱難耐。用現在的說法形容，就像是洗三溫暖一樣。

乾燥的籬笆一遇火，像過街老鼠一樣迅速四處竄燒。我一邊用泡過水的滅火拍撲滅火苗，同時還要察看家裡有沒有發生任何狀況。

「沒關係，妳就直接穿著鞋子進去！」父親大聲指示。

這是我有生以來第一次穿著鞋子走在榻榻米上。

我心裡想著：說不定我就會這麼死去了，卻又難掩穿鞋踩在榻榻米上的新鮮感。

這種時候，似乎女人總是比男人要看得開。父親自己雖然那麼說，卻還踮著腳步，走得很不自在。母親則是不知在想些什麼，居然在她最喜歡的松葉圖樣大島織和服上套著縮口長褲，腳下不是穿著平常穿的運動鞋而是父親的馬皮靴，大搖大擺地在屋子裡來回穿梭。或許母親的心情和我一樣。

就在三面火勢熊熊，心想人生到此爲止的時候，不知爲什麼風向忽地一轉，到了白天一看，整條街上就只有我們家附近奇蹟似地沒有燒成灰燼。我一臉的煙灰，連眉毛都給燒掉了。

那輛三輪車的主人回來了。正當父親抓著拋棄母親逃跑的兒子痛揍一頓時，弟弟和妹妹也回到家了。

彼此都是大難不死逃過一劫，照理說應該是場面感人的親子重逢好戲，我卻一點印象都沒有。唯一記得的是，弟弟和妹妹把急救袋的乾糧全部吃光了。他們聽到我們家附近全部陷入火海，心想不會被父親責怪就放心地大吃。

事後妹妹還表示，當時哪有身爲孤兒的悲痛，而是很高興能吃乾糧塡飽肚子。

接下來的戰況更激烈，聽說會有地毯式的攻擊，於是父親提議：「照這樣子下去，我們家肯定難以倖免，不如把剩下所有好吃的東西都吃掉再死吧！」

母親便將收藏的白米拿出來煮一大鍋飯。我挖出埋在庭院裡的地瓜，用之前藏起來的麵粉和麻油做成油炸地瓜片。對於沒有特殊黑市管道的老百姓而言，我們家這一頓可說是驚世駭俗的大餐了。

經過昨晚的折騰，榻榻米上滿是泥印。我們在上面鋪了塊布，一家五口髒得像是泥人，圍坐成一圈吃飯。周遭瀰漫著昨晚火燒之後的餘燼煙塵。

我們家隔壁是間外科醫院，不斷有受傷的人被送進去，也有的傷患在醫院中嚥下最後一口氣。想到這些鄰居們的遭遇，我們家竟在光天化日下油炸美食享用，實在是太放肆了。然而我想父親這麼做也有他不得不所以然的必要吧。

母親變得很愛笑，一向擺著臭臉愛罵人的父親也顯得很親切，不斷招呼我們：「多吃一點嘛，應該還吃得下吧？」

飽腹之後，我們一家五口像是河邊賣的鮪魚一樣，一字排開地睡起了午覺。

看見榻榻米的接縫塞滿污泥，藺草也斷裂起了毛邊，母親偷偷起床想拿抹布清理時，父親輕聲制止她：「別打掃了，妳也睡吧。」

我似乎看見父親正在哭泣。

父親一定很自責身爲家長卻讓家中被自己的鞋子弄髒、讓尚未成年的孩子們將因飢餓而死，也一定很遺憾無論自己如何努力都無法改變現狀。

或許他也想起了配合學童疏散政策被送到甲府的二妹吧。他是覺得至少家中還有一人獲救也算萬幸呢？還是後悔將二妹送出去，既然要死也該全家人死在一起？

屋子的角落，我前一天挖到的蛤蜊散落在地上，支離破碎地曬乾了。

戰爭。

家人。

每當這兩個名詞連在一起時，腦海中便自然浮現那一天我們家淒慘而又滑稽的最後午餐，餐桌上有著油炸地瓜片。

內容有些前後倒置了。接下來要說的是我小學三年級時生了一場大病，病名是肺門淋巴腺炎，算是一種兒童肺結核的初期症狀。

知道病名的那一天起，父親便開始戒菸。

我必須長期住院，而且是住在有山有海的地區療養。

「又不是什麼貴族千金……」有的親友甚至在背後說些有的沒的。

家裡爲了我的醫藥費，連原本存來買房子的錢都拿出來用了。

父親的戒菸一直持續到我回到學校上課，共維持了兩百八十天。

那時前往廣尾的日赤醫院看病時，母親常常會帶我去吃鰻魚飯。那是一家位於醫院旁邊的小店，不知爲什麼客人總是只有我們兩個。

我和母親面對面坐在角落的位置後，她便會點一人份的鰻魚飯，有時還會加點烤魚肝。鰻魚是母親最愛吃的食物，但她每次都會說些「媽媽今天身體不太舒服」、「我不喜歡油膩的東西」等不同的藉口要我獨享。換句話說，當時家裡的經濟是不容許兩個人都點鰻魚飯享用的吧。

父親領著保險公司微薄的薪水卻十分愛打腫臉充胖子，母親不但得扮演親友口中懂得人情世故的大方媳婦，家中還有四個正値成長期的小孩子要養。就連這一碗鰻魚飯肯定也是母親幫別人做女紅存下來的私房錢買的。每次離開醫院跟著母親的腳步往賣鰻魚飯的小店走去，我就覺得心情十分沉重。

鰻魚也是我愛吃的食物。雖說當時我只有小學三年級，但從小說中也隱約知道肺病是種什麼樣的疾病。我認爲這樣的病就算當下治好了，長大以後還是可能復發，然後整個人會變瘦，吐血而死。

我有種自己彷彿變成美人一樣的感覺。鰻魚固然美味，但是得了肺病卻更淒美悲涼。背著祖母和弟弟、妹妹們，一個人享用美食，雖然高興卻也感到內疚。

在這家賣鰻魚飯的小店裡，我學會了再怎麼可口的食物，如果心情不好也一樣吃不出好滋味；相反地我也學到了儘管情緒不對，美食終究是美食。不管怎麼說，我的的確確是在這裡體會到除了食物的滋味，人生也別有另一番況味。

直到今天，如果走進充滿古趣的麵店，看見店裡有面鏡子時，我就會想起那一天的情景。

鏡子中母親一邊攏著暗紅色披肩的領口，同時留心盡量不要看著我吃鰻魚飯。在她前面坐著一個清瘦、眼睛很大的少女，水手制服外搭著一件灰紅條紋交織的厚呢外套，那就是我。母親當年不過三十出頭，擁有一頭濃密的秀髮，兩頰豐滿的臉龐，模樣神似現在的小妹。昔日黃色的電燈泡改成亮白的日光燈，儘管我期待在鏡中看見神似我們當年的母女，然而碰巧走進來的親子客人卻顯得表情木然。

不知是拜母親的鰻魚飯之賜，還是父親戒菸的功德，我的肺病至今都沒有復發過。自從吃過那一頓破釜沉舟的最後午餐後，連空襲的B29戰鬥機也將目標從東京轉向其他中、小都市，讓我們逃過了生命的威脅。

我一直是個嘴饞的人，也自詡比一般人更常有機會享受到美食，可是屈指細數心目中印象最深的吃飯記憶時，首先想到的就是東京大空襲隔天的最後午餐，以及懷著沉重心情享用的鰻魚飯。看來我還是擺脫不掉天生的貧賤性格，眞是可笑！

爾後也曾有過好幾次覺得「眞好吃」、「眞幸福」的美食經驗。當時固然刻骨銘心，但之後驚豔的感覺便融化了，最後居然消失得無影無蹤。

就像釣針上的回鉤一樣，快樂收穫之餘伴隨著甘中帶苦的淚水鹹味。這兩頓生死攸關的吃飯往事，將永遠留在我的記憶之中。

阿輕與勘平

一聽到「新年」這兩個字，我就想嘆氣。

因爲從小，我對新年的印象總是天氣寒冷、家裡客人多到忙不過來的慌亂。其實也不是說新年就是特別寒冷，而是客廳打掃完，收拾掉一切不必要的雜物後顯得更寬敞。趁著年底換新的榻榻米，踩在腳下的感覺僵硬而冰涼；看慣了泛黃起毛邊的舊門，這時換上新糊的紙張，只覺分外雪白；連裝飾在櫥櫃裡的黃金財寶和水仙花也發出寒光。

算準客人來訪的時刻得事先在客廳生好火盆，同時又得注意其他房間的溫度不能太高，免得讓年菜給餿壞了，說不定就是這樣才會讓我感到新年特別冷。

也或許是因爲平常總是穿著厚重的衣物，把自己包得圓鼓鼓的。但新年穿上漂亮衣服就不能如此，所以身體受不了。

吃完一家人團圓的年糕湯後，我便會在新衣上面罩件白色圍裙，請祖母幫我在袖口綁上纏帶以便做事，然後坐鎮在客廳的大火盆前。

打開草蓆包著的大酒桶或大瓶玻璃裝的清酒，將家中所有的小酒瓶一字排開，依序將酒給斟滿。等小酒瓶都裝滿酒後，拿張不用的廢紙蓋在上面避免灰塵進入，接著便開始調整火侯，隨時讓溫酒的水保持滾熱的狀態。別看我是個小孩子，溫酒的本事卻是一流，甚至還有親友開玩笑說：「這孩子馬上就可以嫁給開餐廳的人家當媳婦了。」

當時家裡進出的客人很多，所以我想收到的壓歲錢應該也不少。只不過以前的小孩不太有機會花錢，母親也會幫我和弟弟的壓歲錢存進各自的錢筒裡面。我的存錢筒是二宮尊德（註一），弟弟的是楠正成（註二）。

我想那應該是父親任職的保險公司成立幾十週年送的紀念品吧。仿青銅的製品，拿起來還挺重的。二宮尊德和楠正成的外貌跟眞人很像，底座有開口，可以將所存的錢取出來。

我和弟弟都將存錢筒放在書架上，有一天放學回家時，看見母親正從楠正成的底座掏錢出來。

那大概是發薪水的前一天，母親說：「昨天晚上臨時來了很多客人，不夠錢付給壽司店的人，先跟你們借吧。」這種情形以前也常見。我母親生性豁達，我們小孩子也覺得借錢給父母是件光榮的事，所以不以爲意。然而當場看見大人掏錢的舉動，感覺還是有點奇怪。

楠正成看起來是個小心謹慎的人。相對地，我的二宮尊德明明是個少年卻長得一副老成的臉孔。而且我也不喜歡尊德的發音（註三）。或許是小時候的印象很難抹去，如今我只要看見銅像，總覺得底座下應該裝了不少錢！

有人以爲《百人一首》（註四）詩歌集中的作者之一赤染衛門是男性。我的一位男性朋友就曾懷疑：「是嗎？是女的嗎？眞的是女詩人嗎？」

情知願早眠

勝若空候月東升

一夜苦思量

人生五十年，始終以爲男性不會寫出這種情詩的這個朋友，在新春時節獲知事實，顯得有些不太能夠接受。

註一：二宮尊德（1787～1865），德川幕府首相。年輕時以濟弱扶傾與廣傳成功法則成名。

註二：楠正成（1294～1336），日本中世紀時著名武將。

註三：尊德（sontoku），與「損得」諧音，有受損的意思。

註四：《百人一首》為日本和歌經典，正式的名稱應為《小倉百人一首》，由藤原定家編選，把天智天皇到順德天皇時代的一百位歌人的和歌，每人摘選一首編輯而成。

這麼說起來，身爲朝臣的藤原道信也寫過以下的詩歌：

天明暮將至
卻恨曙光催人離
相思苦難捱

感覺不像個男人，太過癡情。
還有大江千里也是男性，他的詩歌如下：

觀月心感懷
萬物皆享秋意濃
獨自傷悲秋

這樣的詩句說是出自女詩人之手也不足爲奇。
據說《百人一首》的作者之中有二十一位女詩人。是不是古今皆然呢？爲文題詩的男性，個個溫柔多情；而女性作家就充滿了不讓鬚眉的剛烈個性。似乎男性能夠很自然地將人性中柔弱的一面表現出來，女性卻很矯情，用現在流行的說法就是「逞強固執」吧。
我也到了理解什麼是愁滋味的年紀了，常想在新年時應該好好品味詩歌的意涵，玩百人一首的紙牌遊戲。但想歸想，春節假期便這麼結束了。

突然發覺自己並不曾在正月時分穿上新衣到廟裡參拜，或是看過新春大公演的戲劇。新年時，總得在家門口迎接來拜年的客人，幫他們將鞋子排整齊、接過他們脫下來的披肩或大衣掛好，然後回到廚房溫酒，等父親召喚時到客廳正式與客人寒暄問候。

或許是因爲被酒氣薰的關係，還是吸多了火盆中煤炭釋出的一氧化碳，精神有些茫然，當天傍晚肯定會患頭痛。燥熱的舌頭吃橘子，是再好不過的了。

從我懂事以來，家裡的新年就是這個樣子。我也認爲新年理當是這個樣子，從來沒有埋怨過父母。然而從小在商店街長大、知道都市小孩的新年不該這麼過的母親卻很同情我，在我小學三年級的那個新年，特別讓我出門去玩。

「待會兒妳爸爸的客人就會到家裡來，到時候妳就不方便出門了。」說著便連忙幫我換上新衣服，要我去找朋友玩。

父親因爲工作的關係，大年初一起便有許多客人來家裡拜年，因而我們家的小孩是不可能找朋友來家裡或到朋友家去玩的。突然間要我去找朋友，一時之間我也想不出該去哪裡才好。

呆立在門口好一陣子，只覺得天氣冷得難受，好不容易才想起到同學玲子家看看吧。她們家是建築包商，房子蓋得好大，被帶到客廳時，我簡直是嚇呆了。

兒童房位於二樓，可以俯瞰整個中庭，是景觀最好的房間。榻榻米上鋪著紅色地毯，面對庭院則是整片的落地窗。我到的時候，已經有七、八個同學坐在裡面。盛裝的玲子正在彈鋼琴。每個小朋友面前都擺著可愛的餐具和食物。玲子的父母忙著指揮女佣招待我們這群小朋友。寬闊的屋子裡很安靜，不像我們家飄散著酒氣和嘈雜的人聲。這是我所不知道的另一種新年，安靜而又豐盛的新年。我們玩了笑福（註一）、雙六（註二）等遊戲，雖然很好玩，我卻漸漸坐不住了，心裡總是擔心起家裡的狀況——這會兒應該是家裡客人最多的時候吧？祖母和母親應該忙得人仰馬翻吧，父親又大發雷霆了，可是新年期間不是不應該大聲罵人嗎？誰在負責溫酒呢？

本來我若待到傍晚，玲子家便會開車一一將我們送回去。可是我放棄這項福利，一個人先告辭了。當時我們家住在中目黑，玲子家則是在舊賽馬場的後面。如今那裡房屋林立，二次大戰之前卻多半是空地。我像參加運動會般地跑步衝回家。

「妳還在幹什麼？溫酒上得太慢了。」回到家後，在父親的斥責聲中，我一邊將快要燙傷的手指摸著耳垂降溫，一邊將冷酒溫熱。這時一位只有在新年會來家裡的客人上完廁所順便探頭走進飯廳，跟我寒暄幾句後，突然抱住正在配菜的母親大喊：「經理不行啦！你們家全都是靠經理夫人在撐呀。」

這時也不知父親是怎麼看待這種場面的，他冷不防地冒出來說「是呀，你說的對」，同時將喝醉酒的客人拉回客廳去。母親的臉則因爲生氣而有些脹紅。

由於人數比預定的多，祖母試著減少每個人的醋拌小菜，好增加兩、三盤。酒醉的客人開始唱起下流的歌曲。每當歌詞唱到危險的地方時，父親爲了怕坐在飯廳的女兒聽到，便故意大聲吆喝：「萬歲！萬歲！」

有時候聽見腳步聲，探頭往走廊一看，原來是上完廁所的客人開錯門，把儲藏室當作客廳了。有時候其實沒什麼事的父親會走過來，瞧見一邊溫酒的我偷偷捏菜吃，敲敲我的頭後又回到客廳去……

這就是我的新年。

儘管嘴裡經常抱怨著不喜歡，但其實我並不討厭這樣的新年。

那一天，跑步穿越舊賽馬場的空地，即將抵達大馬路之時，被裙襬絆住腳，跌了一跤。一個經過的老婆婆扶我站起來，並且坐在路邊舊木頭堆上幫我重新綁好腰帶。「妳這孩子怎麼了？」她邊綁腰帶時還邊數落我：「新年是不可以用跑的，這樣子福氣都會跑掉的。」

我去算命，說我有驛馬星動的運勢。就職業來看，這種星象的人將會東奔西走，無法定著在一處，而是忙個不停。

註一：蒙上眼睛將五官放在空白臉譜上的新年遊戲。

註二：類似升官圖的新年遊戲。

舊賽馬場，顧名思義就是以前賽馬場的所在地，目黑紀念賽馬會就是因此而命名的。當年我穿著新衣服在賽馬場後面奔跑，似乎便預告了日後會驛馬星動。

那之後我吃了將近四十次的年糕湯，至今仍無法安靜悠閒地過新年。從雜誌編輯、周刊執筆、廣播劇幕後工作人員，從事的都是些像驛馬般被時間追趕的工作，我不知道是因爲腳步太匆忙福氣跑掉了？還是爲了追求跑掉的福氣而加緊腳步？總之，忙碌的生活讓我和安詳寧靜的幸福歲月無緣沾上邊。

直到今天，如果在大年初一到初三的電視節目中聽見鋼琴演奏的樂音，我眼前就會浮現四十年前玲子在家彈琴的畫面。

一如灰姑娘往赴人生中唯一一夜的舞會一樣，那竟是我生命中唯一一次走錯門的新年聚會。

前面提到我從來沒看過任何新春大公演的戲劇，其實我記錯了。仔細回想，只有一次在新年時被帶去看戲，戲碼是「忠臣藏」。

聽起來好像很不錯，但因爲是耍猴戲，所以我很不喜歡這段往事。

大概是我們還住在宇都宮時發生的事吧，我好像還沒上小學，或是剛上一年級。

記不得是什麼戲院了，是由兩隻猴子主演「阿輕與勘平」的角色。

演勘平的猴子穿著武士服、佩帶刀子；演阿輕的猴子頭頂著假髮，穿著一身鮮豔的華服。雖然兩隻猴子常常會露牙鬼叫，被觀眾丟上台的花生米而吸引分神，但還是順利地表演了私奔和切腹的場面。

但是不知道爲什麼，演勘平的猴子習慣沒事就向上跳。切腹切到一半時也高舉著武士刀向上高跳了五十公分，引得觀眾哄堂大笑。生平第一次看戲的我只覺得很有趣，入迷得幾乎都忘記了時間。

仔細一看，猴子們身上的衣服有些骯髒，大概是自己咬破的吧，有著粗糙的補綴痕跡。牠們的身材瘦小，毛色也不是很好，演戲的過程中不時會偷空撿起台上的橘子、花生米來吃。儘管如此，不知飼主是怎麼教牠們的，當阿輕抱住勘平依依不捨時，還會用手掩面而泣；勘平在拿刀切腹時，竟會向後一仰，抖動著身體演出氣絕身亡的模樣。

因爲演得太精采了，我有些嚇到，那一晚回到家便發了高燒。如今回想，那是我第一次欣賞戲劇。

請教同行的前輩最早接觸的戲劇是什麼？大家回答的不是易卜生就是莎士比亞。沒有人跟我一樣是看猴子演的「忠臣藏」。

看來似乎從這裡就可以看出一個人的品味，或是他所寫的東西的格調了。

「人們總會遇到與其個性相符的事件。」這句話好像是小林秀雄說的吧。說的眞好，令我由衷敬佩。過去我以爲人生中所遭遇的事件可以塑造一個人的個性，但其實不然，而是事件選擇了人。

這麼說來，我會去看耍猴戲的新春大公演「忠臣藏」，與我慌張冒失的喜劇性格正可說是絕配囉。

徒櫻

童話故事反而是在長大成人後重讀更能添新味。

手邊有一本在舊書店找到，昭和十年（一九三五）出版的普通科用小學國語讀本第三卷，翻開一看：

一寸法師

從前從前，有一個老公公和一個老婆婆。

因為沒有小孩，

所以求神明：「請賜給我一個孩子。」

結果就生下了一個男孩，身材只有一個小指頭那麼大。

因為身材太小了，就將他取名為一寸法師。

讀到這裡，我突然發現一個兒時沒有注意到的地方而有些錯愕。原來一寸法師的媽媽是個老婆婆。我還以為老婆婆是絕對生不出小孩的，看來也有例外。

小指頭大小的身材，難道是早產兒嗎？這時老婆婆已經多大歲數了呢？會不會被人笑說是老蚌生珠而覺得不好意思呢？不過話又說回來，這篇國語讀本的作者倒是很會寫文章。

他不直接寫「老婆婆生下了一個男孩」，而是寫成「求神之後生下一個男孩」。看起來就像是神生的孩子一樣，頓時格調高雅了許多。或許是以前的孩子較晚熟吧，當時我們一點也不覺得有什麼不對勁，還能大聲地朗誦課文。如今想來，能夠生小孩，應該說是「有一個叔叔和一個嬸嬸」比較正確吧。可是在童話故事裡，老公公和老婆婆還是比叔叔和嬸嬸對味得多。

這麼說起來，日本童話故事中的主角幾乎都是老年人。例如：〈一寸法師〉、〈桃太郎〉、〈浦島太郎〉、〈月亮公主〉、〈長瘤爺爺〉、〈壞狸貓〉、〈開花爺爺〉等。

每一個都跟老婆婆、老公公和嬰兒有關，或是老人家和身邊的小動物所發生的故事。幾乎看不到血氣方剛的成年男女出現。而像國外的童話故事中美麗公主和瀟灑騎士的浪漫愛情，頂多也只能在月亮公主中嗅得一二，其他的故事則完全脫離了情愛的色彩。也許就是因爲這個原因吧，就算有特立獨行的人物上場、做出SF（科幻）、超能力或殺人等行爲，也不會給人陰森悲慘的印象。但仔細品味思量，卻又發現其實童話故事中有許多駭人聽聞的情節。

從前從前，有一個老公公和一個老婆婆……

似乎經由這種固定形式的開場白，故事中的血腥氣息便消失無蹤了。

童話故事中最讓我印象深刻的是〈桃太郎〉。直到今天只要有人提起〈桃太郎〉，我的腦海中就會浮現一幅畫面——

畫面中，父親、母親、祖母和弟弟妹妹們圍著餐桌在吃早餐。小學生的我則將作業簿攤在飯桶蓋上，一邊看著國語課本，一邊抄寫〈桃太郎〉的課文。眼看上學的時間快到了，我的作業還有一大半沒寫完。我邊哭邊寫，心裡十分慌張。

「爲什麼昨天晚上不寫好？妳這樣子會養成習慣，所以我們不會幫妳的！」父親捧著特大號的飯碗數落我。

祖母還是跟平常一樣，面無表情地用旁邊的青花陶瓷火盆烤海苔。給大人吃的切成八等份，給小孩吃的就再對折切半，然後將烤好的海苔放在海苔專用九谷燒方形碟子上。

「靜下心來寫，一定來得及的。妳不要心慌。」母親則是一邊安慰我，一邊裝便當或幫家人添飯。每一次添飯時，我就得將作業簿移開，停下手來休息。打開飯桶蓋時，一股熱氣冒在眼前，就像是換嬰兒尿布時一樣的情景。家裡明明有書桌，爲什麼我要在飯桶蓋上寫作業？我也不知道原因。大概是一個人會害怕，不敢在自己房裡趕作業吧。

我已經記不清當時是否來得及寫完作業，卻還依稀記得圓形的飯桶蓋上其實很不方便寫字，還有肚子上那種溫熱的感覺。或許是因爲祖母總是用力咬著牙拿鐵鬃死命刷洗的關係，飯桶上的銅箍光可鑑人，桶身則洗刷出竹刷般的直條紋。

我還不到兩歲，弟弟便出生了，所以我都是和祖母住在同一間房裡，許多童話故事也是祖母告訴我的。以當時的標準而言，祖母算是身材高䠷、臉蛋瘦小的美女，而個性一如她的外型，不夠圓柔、十分剛強固執。

就連幫我綁腰帶，也一定緊到讓我幾乎喘不過氣來。母親打的結是寬鬆的圓形，祖母打的則是緊密結實的鼓狀。她常常小聲地批評說：「妳媽媽打的那種不行，鬆垮垮的。」

的確，祖母打的結幾乎沒有鬆開過，遠足時最適合。只是她連水壺的蓋子都旋得很緊，小孩的力氣根本打不開，我總是拿去請老師幫忙。

可能是因為出生在農民運動的發源地能登的關係，祖母是個虔誠的佛教徒，每晚入睡前一定要念經。應該是在我邊哭邊趕桃太郎的作業之後吧，我也開始陪著她念經。有一次念完經後，祖母教我一首詩歌：

心繫明朝至
怎耐晚風催徒櫻

據說是親鸞上人（註）的作品，算是我最早學會的一首短歌。

祖母將供奉在佛龕前被稱為是「宮品」的白飯讓我吃，同時對我講解詩歌的意義。「宮品」是早晨飯煮好在裝進飯桶前先用黃銅製的供佛器具裝滿一碗，連同清水一起供在佛前。到了晚上飯會變硬，還染上了線香的味道，老實說並不好吃。可是祖母說吃了能得到神佛庇祐，一定要分我一半，剩下的她用厚實的手掌抓起來一口吃掉。吃完宮品後，我用祖母從佛龕底下的小抽屜拿出來的桃子形小扇子，將蠟燭搧滅，然後關上嘎吱作響的佛龕門，祖母和我的一天便畫上句點。

祖母告訴我詩歌的意義後，還告誡我作業一定要在前一天做完。因爲誰也不知道半夜會發生什麼事。

有什麼好玩的、有趣的事先做了再說，以致剩下的時間來不及辦正事了——這就是我的性格，而我也很早就很清楚自己有這種個性，但是直到現在我才發現，這種性格不是來自父親或母親，其實是遺傳自祖母。

用現在的詞彙來說，祖母是個未婚媽媽。她生了兩個不同父親的男孩，老大就是我的父親。因此在我們家的故事中總是缺少了祖父的影子。祖母是上了年紀之後才變得很勤奮，年輕時喜歡玩樂器、唱民謠，甚至在母親嫁過來之後還鬧過桃色糾紛。

遇到想看的戲、想穿的衣服、想吃的美食以及喜歡的人，她是那種無法抑制自己心情，先做了再說，不顧前後的人。她似乎不會想到事後必須付出加倍的辛苦代價。

身爲長子的父親始終無法原諒祖母這種性格，只是盡撫養義務地直到祖母過世，一輩子不曾對她好言好語過。不過，這一點祖母倒是很看得開，她對此大概也不抱什麼期待。

註：親鸞上人為日本真宗祖師，生於十三世紀。

「做都已經做了，又能怎麼辦呢！」

於是她不做任何辯解，也從不抱怨或口出惡言，只是低聲下氣地默默過她的日子。直到現在我才發現祖母不厭其煩地反覆教我那首詩歌的意義，每晚要我跟她一起念經，說不定是想藉此提醒自己。

我記得祖母曾經跟小妹說過〈浦島太郎〉的故事，當時我也在一旁聽著。當她說到浦島太郎到了龍宮，接受了龍王公主的招待時，便以唱民謠的低沉歌聲唱著〈浦島太郎〉的歌曲：「鯛魚鰈魚翩翩舞，奇幻世界樂無窮，日月如梭恍如夢。」最後提到浦島太郎騎在烏龜背上回到海邊，打開了不應該開啓的寶箱時，她說：「結果浦島太郎就變成白髮蒼蒼的老婆婆了。」

我大聲抗議：「才不是老婆婆，是老公公才對。」

正在縫補衣服的祖母好像沒有聽見我的話而沒有作答，失神落魄地停下了手中的剪刀，與平常判若兩人。

仗著年輕貌美，隨心所欲、爲所欲爲，總覺得來日方長無所謂，不料一頭青絲卻在輕忽間早已發白，一切已來不及，爲時晚矣。祖母一方面在告誡著自己，同時也在教誨我。

夜晚，在佛龕前朗誦的這首詩歌，照理說對我應該具有很大的震撼力才對。你以爲我肯定學到教訓了，其實正好相反。在那之後，我還是常常事到臨頭了才後悔莫及。

不知道是幸運還是不幸，身爲女人的我既沒有祖母的美貌也沒有她的魄力，別說是當未婚媽媽，在愛情這一方面我完全繳了白卷。我的困擾全數與交稿的期限有關。

由於我自詡草書飛快，總是玩到盡興才肯動筆。每次都想到了夜深人靜才開始創作，偏偏這個時候就會有突發狀況，害得我趕不及。這也是前不久才發生的事，眼看時間快來不及了，我只好向電視台借用印刷廠的櫃檯寫稿。平常電視台也會交代他們讓我這麼做，可是那一天正好工廠辦公室在調整座位，桌椅都搬到走廊上，根本沒地方讓我寫稿。

我心想，現在去找間咖啡廳也來不及了，舉目四望，看見門口停著一輛三輪貨車。後面行李座上的行李用布包著，高度正好適合我站立靠著寫稿，二話不說便立即借用，才寫了十五個字就發現底下不平，有些起伏。可是我哪有資格批評呢，不如調整稿紙的位置繼續振筆疾書。就在還剩一張稿紙即將完工的時候，後面有人開口說話了：「還沒好嗎？大家都在等呀。」

原來我拿來當書桌用的，是印刷工廠員工午餐的便當盒，難怪肚子邊有溫熱的感覺。

我不禁又想起小學時在飯桶蓋上邊哭邊寫〈桃太郎〉作業的往事。

心想「反正還有明天」的性格，經過了四十年依然不曾改變。

另外，還發生過這樣的事——

小學三年級的暑假，我是和母親、祖母到奧多摩的旅館度過的。因爲我生了一場大病，算是到那兒療養身體。就在開學前夕，我們回東京的火車上，我哭了出來。

因爲我突然想到老師規定要在暑假中背好九九乘法表。

從東京來接我們的父親在車上拚命地「二二得四、二三得六」地教我。

我卻只記得邊抽噎的我聽見父親說：「這附近就是鳩巢。」

直到如今，有時到電視台參加新節目的企畫會議或討論劇本時，從青山到赤坂的短程計程車上，我總是翻著白眼思量：前一天晚上玩得太過火，根本沒準備，不知又會遭遇什麼樣的懲罰？而這時我肯定會想起從奧多摩回東京的火車上，我邊哭邊背九九乘法的這段回憶。

我的人生已經過了大半，剩下的明天越來越少了。可是我指望明天的個性始終改不了。最重要的、該先處理的事總是一拖再拖，反而那些無所謂，甚至不該做的事，隨著年紀徒增更有股想去做的衝動。

話題轉得有些突然。像豐臣秀吉、田中角榮這些一舉成名的人，應該不會有這種舉動吧。現在該做什麼，他們能夠很敏銳地事先察覺。不對，應該是說在察覺之前，他們早已身體力行了。

常常想著該寫封謝函給朋友、該寄出問候的關懷，卻一天拖過一天，以致心中的愧疚感更深，也就益發推遲寫信。盡挑些好做的、好玩有趣的事先做，企圖掩飾心中的愧疚，心想沒什麼關係嘛，明天再說。結果眼睛也老花了，梳頭時發現白髮日增，現在，搭地鐵光是爬個樓梯就已經氣喘吁吁。

唉！嘆息之間，外面風吹雨打，今天的櫻花也凋謝了。

印象中四十年前祖母頭一次教我那首詩歌的夜晚，好像也是刮著強風。但這或許是事後我憑著自己的心情虛構的也說不定。

對了，所謂的徒櫻，究竟是什麼樣的櫻花呢？我似懂非懂詩歌的意義，曾經想要查字典弄明白，卻還是一拖再拖。

翻開《廣辭苑》，上面解釋說：「徒櫻，飄零的櫻花、易謝的櫻花。」

我又順便查了一下「宮品」。

從小便這麼稱呼，也不知道該怎麼寫，是什麼意義。可是不管翻哪一本字典，就是沒有「宮品」這個詞。最後我才發現，大概是將「貢品」給搞錯了。

——貢品，進供神佛的東西。

這麼小的一件事也一拖再拖，最後搞清楚時，距離桃太郎的往事已經過了四十年。

車中百態

那天晚上，上車時心情便很好。因爲到了深夜才完成廣播劇的稿子，將稿子送到銀座後巷的印刷工廠後搭計程車回家。而那名中年司機也體會得出乘客愉悅的心情，不停地跟我聊天。

「您從事哪方面的工作呢？」

他說幹這行二十幾年了，通常都能猜出坐在後座的客人什麼職業，可是卻猜不透我的工作。

「看起來不像是一般家庭主婦。」

他偷偷瞄了一下照後鏡，接著說：「是酒吧管帳的會計嗎？」

從我的外貌和年紀猜我不可能是酒店小姐，這一點算他聰明，但他還是猜錯了。

「看您不太化妝的臉和髮型，應該是醫生吧？」

就這樣他又猜我是印染設計師、畫家、烹飪專家、新聞記者……連寵物訓練師都出籠了。從他的語氣中，似乎已經察覺我沒有先生、小孩，一個人獨居。

「回去之後都做些什麼呢？」他的語氣純樸，滿懷著關心。

「換做是男人大概就會到常去的酒館喝一杯再回家囉；女人就沒那麼方便了，回去洗個澡、喝罐啤酒，大概就上床了吧。」

我有種出門在外不怕出糗的心態，一邊盡情地吐露眞心話，一邊開始做好下車的準備。就像平常夜晚搭乘計程車回家時的動作一樣，我左手拿著公寓鑰匙，右手握著五百圓鈔票，說聲「辛苦了」遞給司機時，司機先生一時之間愣住了。他用力地嚥下一口口水，咕嚕一聲後輕聲問：「這樣好嗎？」

「有什麼關係，收下吧。」

我想不過是多個四、五十塊的小費，他用不著驚訝得呑口水吧。但是司機先生還是再一次地確認：「這位客人，我眞的可以收下嗎？」

「不要說的那麼誇張嘛，這樣我反而不好意思。」說完時，我不禁大吃一驚。原來我右手上還緊握著鈔票，錯把抓著公寓鑰匙的手伸到了司機面前。

我頻頻道歉，直到聽見司機先生迴轉車子發出輪胎摩擦聲後才用鑰匙打開房門，這時突然間想到類似的情形這已經是第二次了。

那時我剛開始從事電視劇本的寫作工作，有一天，製作人來電說要到家裡討論新節目的內容。我忙著準備點心、泡茶時，門鈴響了。我心想來得也太早了吧，一開門製作人已站在門口，他比我想像中年輕，之前聽說他做事很精明幹練，但眼前站著的人卻顯得靦腆，說話還有點口吃。

「請進。」

看我遞出了地板鞋，他推辭說：「不用了，我在這邊說話就可以了。」有誰聽說過討論新節目的內容是站在門口進行的？我想這是因爲他顧慮到我獨居女子的身分，於是故意表現得很灑脫，說：「在這邊不好說話，還是進來喝個茶……我到傍晚都有時間。」

就在我準備拉他的手時，對方好不容易擠出聲音說：「這位太太，我眞的可以進去嗎？」

這時我從即將闔上的門縫中，看到了曾在報紙上見過的製作人走了過來。這名化妝品推銷員剛好早來一步按了門鈴，害我竟將他當成了電視公司的製作人。

由於我自己沒有車，因此平均每天要搭一次計程車。仔細想想，等於是每次都跟不同的司機先生在某一段時間裡獨處於密室之中，固然有些是因爲我的粗心大意製造了不少難堪的回憶，但其中也發生過許多感人的事。

前一陣子，有一名穿著制服的警察闖入女大學生的房間，將對方強暴後殺死。就在案發過後不久，我搭乘計程車時正好聽見收音機播出整個凶案經過的報導。司機先生聽完報導後便關掉了收音機。

「既然要做壞事，至少也該先把制服脫掉吧。」我有些激動。其實不只是我，全國民眾也都氣憤不已。我以爲司機先生會附和我的意見，但是中年司機卻沉默不語，安靜地開了一段路後，他才悠悠開口說：「這次的情形不一樣。夏天對警方的巡邏來說也是一大困擾呀。」

司機先生的意思是說：問題出在女性的襯衣上面。以前日本的女性晚上睡覺時，不會穿著那種挑逗人心的輕薄衣物，而是穿著更保守的睡衣，保持著端莊的睡姿。現在不一樣了，獨居女性增加了，還開著窗戶睡成大字形，萬一巡邏的警察是個年輕小夥子，眞不知道視線要看哪裡。

「我就有一個朋友，晚上巡邏時突然著了魔……」

「也殺死了對方嗎？」我想我的聲音有些高亢。

「他們結婚了。」說到這裡，他竟深深地嘆了一口氣。

「那不是很好嗎？儘管一開始出了那種事，但結果能成爲幸福的夫妻，不是很好嗎？」

「如果對方是一般正常女性的話。」

聽說結婚當天，新娘臉上還掛著鼻涕，好像是腦筋有點不太靈光，但兩人之間還是生了兩男兩女。先生已經到了即將退休的年紀，妻子卻好不容易學會做打掃洗衣的家事，夫妻之間幾乎沒有親密的交談過。

「每天晚上他都自己一個人下棋，這也算是男人的一生。」

下車之後，我腦海中縈繞著司機先生的這句話，久久不能散去。

大約是兩年前的事吧。

日本全國正在爲洛克西德公司行賄案召喚證人出庭而沸沸揚揚時，我在芝公園搭乘了一輛讓我至今印象深刻的計程車。

車上的收音機傳來那名白手起家累積巨富，人稱政壇幕後黑手的人的說話聲。發問的國會議員以濃重的鄉音尊稱對方爲「先生」，司機先生聽著他狡猾詭辯的回答，開車的速度不禁加快了。看著他花白的後腦勺，我心想都這個歲數了，怎麼開車這麼莽撞，結果司機先生說：「我和這傢伙是小學同學。」

司機強調說對方是佃農的小孩，當時自己的身分地位要高很多。

「他雖然不太會念書，但爲人很狡猾。有時對他不能掉以輕心。」

他自己則是認眞工作了五十年，到現在連房子都買不起。也想工作賺錢買個小房子，但就是湊不出多餘的資金。

「現在這種社會，像我這樣子老實工作的人，當然就是這種結果。而那些手上擁有上億財富的人就顯得很奇怪了，妳說對吧？」

一起學習「五十音」的小學同窗，如今一個是日本首富，一個是計程車司機，而且還在滿街開車跑的同時，聽見成功的同學失勢的說話聲。

「不過好幾十年沒聽到他的聲音了，不覺得有些懷念嗎？」

「誰會懷念他呀！」

司機先生灰色夾克的背影看起來有些故作逞強。

車上的音響或收音機固然能夠提供娛樂，但有時也會帶來困擾。曾經有一次車上的收音機裡，不知道是哪個電台播放醫學節目，供婦女病的病患打電話進來詢問。因爲是疾病，打電話的人心想反正又看不到臉，因此一些平常女人不會說出口的器官名稱，在她敘訴症狀時都說了出來。回答的醫生基於專業，也很具體地詳細追問。我突然覺得情況不對，而剛剛還在跟我聊天的司機也出奇地安靜了起來。司機先生還很年輕，脖子上粗糙的皮膚冒著好大一顆青春痘。

假如他若無其事地轉台就好了，偏偏他也意識到難堪，整個人僵硬地握著方向盤不敢亂動。我也意識到這難爲情的場面，自然不好開口要求，只能任尷尬的時間趕緊過去。本以爲馬上就結束了，但是來電的女性似乎還欲罷不能。我看天氣還不錯，距離目的地已經不遠，乾脆當場決定要下車走路。

「這裡就行了，請讓我下車。」

司機先生猛然打開車門，撞到人行道外側停著的一輛外送麵食的偉士牌機車，車身倒在人行道旁的欄杆上，而手提食物架裡的麵碗也撒落了一地的麵條。

計程車司機之中，尤其是沒有靠行的個人計程車，該說是天涯一匹狼還是各自擁山寨爲王呢？反正多半都很有個性。我甚至認爲個人計程車的「個」，其實是個性的個。

有一名年約五十五、六的司機，我叫他「相簿計程車」。車後座就放著幾本相簿，都是他的家人和旅行時拍的作品。

我幾乎是被半強迫地要求欣賞這些相簿。

他說什麼旅行是他的興趣，平常省吃儉用，一有休假便到全國各地的名勝、溫泉區遊覽。有時是跟太太兩個人，有時已成年的兩、三個小孩也會同行。照片中大家穿著同樣的棉襖吃著旅館的晚餐，或是表演餘興節目，或正在泡露天溫泉。相簿裡除了照片外，還貼有旅館的簡介、竹筷子的外包裝、風景名勝的入場券等資料，同時還很仔細地記下所花的費用和當天的天氣。

他似乎都已經熟記在心，並且問我其中去過了哪些地方。我回答說幾乎都沒去過。他竟然開導我：「妳這樣太吃虧了。人不能老是窩在一個地方，要出去走走才行。」

我想想他說得也對。他的職業看起來好像能隨意到處走，但其實一個人關在一個箱子裡自己開車，並不算是眞正的行動吧，所以他想利用載人移動的交通工具讓自己走到外面。其證據就是透過將相簿示人來反芻幸福的感覺。我很感動地看完五大本相簿，客氣道謝後才下車。

「妳身上穿著毛領的外套固然很不錯，但還是要出去旅行呀！」司機先生親切地笑著說完後揚長而去。

有一次才剛坐上車，就被問到存款的金額。儘管雙方互不相識，但還是很難啓齒，就在我支支吾吾耽誤了回答的時機時，司機先生反而報出了他自己的存款數字。數目果然大得值得他面帶驕傲。

「此外我還有兩間木造的房子，和一間店面讓老婆打理。」

說完後，他也要求我公布財產狀況。由於下車前他三番兩次地提起，我不得已只好回答。看他的年紀跟我過世的父親不相上下，我想告訴他應該沒關係吧，於是我報出比他低很多的金額，他一聽便高興地笑了，然後說：「其實金錢這種東西，可有可無呀。」

賽馬「十分」受傷之後，有一次搭乘的計程車，司機居然是個馬蹄專家；還有一次遇到一個自稱是夕陽評論家的司機，結果他說的東京最佳夕陽觀賞地點，其實大家都知道；還有一次不記得是什麼時候了，有個司機提到了「脖子粗細決定命運」的特殊看法。

他說有同業遇到了計程車強盜，背部遭到襲擊受了重傷。後來犯人被捕後承認，之前也搭過兩、三輛計程車，想要動手之際，因爲看到司機粗大的脖子而心生畏懼放棄了。

據說被害司機的脖子就很細。

「即使同樣遭背後砍傷，脖子粗的人受到的傷害也比較輕，或許他們的運勢比較強吧。」

跟我說這件事的司機，他的脖子也像尚・嘉賓（註）一樣地粗大結實。從此我一上車，總會下意識地估量一下司機先生的脖子粗細。

平均一天搭乘一次，一年就要搭三百次以上，十年就會跟三千名以上的司機接觸。有時短程的距離，彼此之間不會聊天，況且我也不是跟所有的司機都能親切地交談，但還是覺得車中眾生百態，和司機們的接觸很有意思。有時也想記住某位司機先生說的某句話或是名字，但是計程車是種很奇妙的交通工具，一下車便好像踏入不同的世界，早就將車內的事忘得一乾二淨。隨著計程車的離去，記憶也跟著遠走了。畢竟不是面對面、直視著對方的眼睛交談，就算對說話的內容或談話的對方有所感動，記住的也只是他的背影、肩膀和脖子的印象，事後想要回憶，根本毫無邊際可尋。現在我所寫下來的，是其中留存在心裡面的幾位車中紳士的小故事罷了。

註：尚・嘉賓（Jean Gabin, 1904-～1976），法國性格男星。

老鼠砲

岸田劉生（註）晚年有一幅日本畫作，叫做《鵠沼風景》。

大約是十年前吧，我在拍賣會上看見該作品而一見鍾情。明知道跟我的身分不相配，卻還是很想擁有，就在我坐立難安之際，終於因爲喊價輸了人而含淚飲恨離去。最近又發現了類似的作品，心裡面又有聲音鼓動自己詢問價格，卻還是我無法負擔的高價。

那是一幅小品的掛軸，好像是劉生醉心於宋元畫時期的作品，直立的畫幅中有著整面流動的河水，水邊是一群戲水的孩童。

爲什麼我對這幅畫如此執著，甚至想動用爲數不多的存款買下它呢？當時沒有發覺，事後我才霧散雲開般地領悟到原因何在——原來三十五年前我看過跟《鵠沼風景》同樣的構圖。

那不是風景或一幅掛軸，而是一條黑緞的和服腰帶。

註：岸田劉生（1891～1929），近代日本繪畫巨匠，《麗子像》為其知名作品。

當時我住在四國的高松，還在讀小學六年級。放學回家路上，我一定會去看看這個地方——那是一間面對馬路、有著短小屋簷的房子，沒有掛上任何招牌。好像是間做日本刺繡代工的工廠，透過細小木格子的窗戶向內看，可以看見四、五名繡花師傅坐在木架前穿針引線地工作。

昏暗的榻榻米上，纏在細木筒上的繡線閃爍著，不停地滾動，繡花師傅賣力認眞地一針一線繡出馬車、牡丹和彩蝶等圖案。

師傅們幾乎互不交談，我甚至以爲他們是一群聾啞人士。

尤其是坐在最靠窗邊的男師傅從來不開口。他那沒有光澤的皮膚和陰沉的表情，讓我以爲他的年紀頗大，但看久了才發現其實是很年輕的小夥子。

他負責繡「戲子圖」的黑緞腰帶。

那穿著鞋尖翹起的中國鞋、彼此踢著綵球或拿樹枝追趕小狗的孩童，生動得令人無法想像是刺繡出來的。我觀察他繡花時，他常狠狠地回瞪我。我雖然擔心這是因爲自己擋到他的光線，但還是受到每天兩、三個新繡好的孩童圖案所吸引，一下課便背著書包躲在窗戶邊偷看。

他依然常常用力瞪我，但隨著日子一久，他會移開身體讓我看得更清楚。經過好幾天，黑色腰帶上布滿了玩耍的孩童。某天，我心想今天就要完成了，一路興奮地轉進巷子時，他正好在馬路邊灑水。

他的身材意外地矮小，相較之下提著的水桶顯得很龐大。他走路時肩膀左右搖晃，一隻腿是瘸的。

他對著呆立在路邊的我揮灑水瓢，潑過來的水量頗大，立刻濺濕了我淡藍色的夏季水手制服，水滴不斷地從裙襬滴落在腳上，我趕緊跑回家去。

第二天起我便不再去看他了。本來走到這條巷子來就是繞遠路，放學之後我走另外一條近路回家。

暑假結束了，又是新學期開始。

我突然又想到繡花工廠看看，料想他應該不再生氣了吧。可是坐在靠窗位子的已經不是他，而是別的師傅了。繡花師傅們難得邊動手邊聊天，話語中提到了「葬禮」、「奠儀」等字眼。從他們的談話內容得知，那名青年好像中元返鄉探親後，就死在鄉下了。

我的腦海中立刻浮現他那鬆垮的褲管下萎縮的腿，以及孩童們穿著色彩斑斕的中國鞋子踢球玩耍的健康雙腳。他是自殺身亡的，也許是當時讀了太多小說的關係吧，我幼小的心靈認定他一定是自殺的。隔天放學後我便立刻回家，最後我還是沒有機會看到繡著戲子圖的黑緞腰帶的完成。

那是父親調職到鹿兒島沒多久，我就讀小學四年級、弟弟讀二年級的時候。弟弟的同學中有一個姓富迫的少年。由於弟弟個性內向，每次轉學都不太容易交到新朋友，但這次卻很快地跟富迫建立了友情。

弟弟的身材矮小，富迫卻比他還小一號，是個臉蛋、眼睛和聲音都很小的小小孩，尤其長相很像老鼠。

有一次我和弟弟一起放學回家，正要走進房間放下書包時，看見梁上有隻老鼠探出頭來。我大叫一聲：「啊，是富迫耶。」弟弟二話不說便拿鞋袋抽我。

富迫沒有爸爸，和母親兩人相依為命，看起來生活不是很寬裕，身上穿用的衣物也有些破舊。

父親很疼愛富迫。他一向很自私，常常強迫我們費心招待工作上的客戶，要他招呼我們小孩的朋友便覺得很麻煩，唯獨對富迫卻是例外。也許父親從富迫身上看見了自己從小不知道生父是誰、靠著母親微薄收入過活的慘綠少年時代吧。

那是個悶熱的季節，不記得是初夏時分還是夏末了。一個星期天，父親帶我和弟弟到吹上沙灘玩，富迫也跟著我們一起去。富迫斜背著一個黑布包，裡面裝著他的便當。到了午餐時間打開一看，裡面只有一顆比他的頭還大的飯糰，外面裹著海苔。父親要富迫將飯糰讓給他，請富迫吃我們家帶來的海苔壽司卷，同時還親自將水壺裡面的紅茶倒給他喝。

吹上沙灘位於薩摩半島鹿兒島市後面的沙丘上。

大大小小的純白色沙丘一望無際地鋪展開來，沙丘的盡頭緊連著波濤層層的海浪。吃完便當的弟弟和富迫開始玩摔角，兩人抱在一起順著沙丘的緩坡慢慢滾落下去。滾落到底下，兩人還是一邊笑著打來打去，一邊拂去沾滿光頭的沙塵。

父親笑著望向他們，突然間就拿出了手帕擦拭起模糊的眼鏡，看來父親哭了。

之後沒多久，弟弟從學校回家，將書包遞給母親的同時告知家人：「富迫的媽媽過世了。」

那一晚，在父親的交代下，祖母帶著我和弟弟前往富迫家弔唁。

整間屋子裡只有一間房間。將水果箱翻過來放，上面鋪塊布巾就成了簡陋的祭壇。富迫一個人孤零零地坐在家裡，看見弟弟來了馬上露齒一笑。祖母開始誦經念佛，跪在靈前雙手合十祭拜了好長一段時間。坐在一旁的富迫頭頂上方，有一個不知是誰用舊了的書包掛在牆上，角邊都泛白翹起來了。

或許這是我有生以來第一次參加守靈夜，儘管我從沒有見過富迫的媽媽，感覺卻像是很久以前認識的親友死別一樣，有種想哭的心情。之後我們又踩著木板通過泥濘的夜路回家。

直到今天，只要聽到守靈夜三個字，我腦海中就浮現在鹿兒島這一夜的情景。那個沒有鮮花也沒有誦經，連祭品都無法供上的淒涼守靈夜，如今回想反而更令人有種清新的懷念。

不知道從什麼時候起，守靈夜和葬禮上裝飾起冰冷的金銀花飾，讓祭壇顯得熱鬧繽紛。然而那個祭壇空無一物的守靈夜雖然窘困，卻更使人感受到生離死別的意義。之後我們家很快地便又搬離了鹿兒島，從此便再也沒有富迫的消息了。

以前的女校跟現在相比，在氣氛上顯得十分散漫。然而在戰爭結束的當時，學校裡還依然瀰漫著一股緊張的空氣。

應美軍上繳所有武器的要求，於是學校將長刀整綑整綑地集中在禮堂存放。前不久還高喊這些長刀是我們女生的靈魂，要是有誰上下倒置或是開玩笑拿來當枴杖使，都會被大聲斥責，如今卻被捆成一團，像柴火般堆置在地上。

似乎憲兵也覺得接收這些用來玩曲棍球都派不上用場的長刀很困擾，最後校方只好將它們存放在體育用品的倉庫中，擺了好長一段時間。

老師們的勢力消長也有了新的變化。過去總是低聲下氣在一旁幫忙工廠動員事務的英文老師取代了走路有風的修身老師，帶著班長有說有笑地經過走廊揚長而去。

其中只有教西洋史的芹澤老師始終如一。

聽說她是寡婦，帶著中學生的兒子相依爲命，年紀大約三十七、八歲吧，有著一副不太像日本人的知性長相，臉上配戴的眼鏡很適合她。以現在的話來形容，算是很酷的人吧。不論是裝扮或舉止都無懈可擊。我最喜歡聽芹澤老師在課堂上突然穿插的閒話家常。

我到現在還記憶猶新，有一次在上十字軍東征的歷史時，不知道什麼緣故，她突然提到了前一天晚上她兒子的披肩在澡堂被人偷了的事。

「我兒子的肩膀很垮，假日時走在人群之中，身上的披肩常常會滑落下來，必須很小心。」語氣聽起來顯得相當惋惜。

由於平時老師很難得表現出激動的情緒，一時之間教室裡安靜無聲。或許是這個緣故，直到現在有人提起十字軍，我就會想到一群帶著十字架、身穿華服的少年，只是他們的肩膀都很垮。

我還記得學到航海家達迦馬的歷史時，因爲迦馬的發音很好玩（註），一群年輕女生不禁哄堂大笑，搞得教室裡鬧烘烘地吵個不停。

於是芹澤老師用力闔上課本，一本正經地教訓大家：「妳們不應該用日文的發音去聯想西方人物的名字。這種態度讓我無法繼續教妳們西洋史了。」說完她自己也噗嗤一笑。

這樣的老師打起分數來自然很嚴格，可是卻相當受學生愛戴。運動會中只要有芹澤老師和別的男老師配對比賽兩人三腳的項目，光是一出場便會讓學生們高興個老半天。

那個時候常常臨時會有什麼檢查或是打預防針。有時爲了驅除頭蝨或是預防斑疹傷寒必須噴灑DDT，因此經常看見全校師生在保健室前排隊等候。

我忘記了那一次是打什麼預防針，當我們站在走廊上等待時，傳來了之前先打完針的芹澤老師突然身體不適，現正躺在保健室接受治療的消息。

註：日文中「迦馬」與「蛤蟆」諧音。

所有捲起一隻衣袖的學生們彼此不安地對看著，議論紛紛地吵著打針太可怕，還是不要打算了。這時別班的班長田村跑了過來，她的身材比其他女生都要高出一個頭。她站在走廊中間大聲宣布：「芹澤老師剛剛過世了。」說完便放聲大哭。

老師好像是因爲體質的關係休克死亡。走廊上擠滿了抱頭痛哭的學生，有些人跑回去教室裡，校園裡一片慌亂。幾乎有兩、三天，大家都無心上課。

我到現在還記得跟我相擁痛哭的青野節子，她是我的同班同學，身材嬌小，深褐色頭髮梳著一條老鼠尾巴般的辮子。另外一位松崎同學則是用橡皮筋綁著粗硬如鋼絲的黑髮，尾端還翹了起來。

有樂町上有一家「橋」咖啡廳。

十五年前，我是這家店的常客。由於白天在出版社上班，傍晚開始幫周刊寫稿，閒暇之餘還要寫廣播劇，日子很忙碌。因此這家只要一小時付五十塊錢就能不必看老闆臉色安心寫稿的店便成了我的工作室。電視機下面的座位是我的固定位子。雖然很吵，還必須彎著脖子抬頭才能看見棒球或摔角比賽，但跟自己毫無關係的噪音就像音樂一樣，我其實並不在意。反而是坐在後面的情侶鬧分手了，更會吸引我的注意力，所以我總是一個人坐在沒有其他客人的電視機下面撰寫兼差的稿子。

這家店僱用了十位女服務生，其中一位十分細心。她年約十七、八歲，身材嬌小的她，會很仔細地幫我添新茶，也能正確無誤地傳達別人給我的留言。

有一次，我因為工作太累了，忍不住趴在桌上睡覺，結果桌巾上凹凸的玫瑰花樣在我臉頰上印下了紅色痕跡。她一邊忍著笑，一邊來來回回地幫我換熱毛巾敷臉。

我心想，哪天該買條手帕私下送給她當作謝禮，卻突然在某一天的午間新聞中看見成為被害人的她的照片出現在電視畫面上。

她是被交往中的男朋友殺死的。電視主播以公式化的口吻說出她被殺害的理由——因為懷孕了而強烈要求對方結婚。當我聽到她被勒死後還遭棄置在漂浮著舊木材的污水池中，幾乎無法繼續用餐。

我所知道的她，是個笑臉無邪、待人親切的少女，有說話時身體靠近人的習慣。那雙露出在咖啡廳制服底下的細瘦長腿，令人覺得還有著尚未完全發育成熟的幼稚。在她那如同小孩般的扁平胸口裡，居然懷抱著如此激烈的心性，看來看人眼光不夠成熟的人，是我而不是她。

每次看到女服務生、護士等穿著制服工作的人時，我就會想，在那制服底下每個人都有不為人知的人生故事，所以我總是告誡自己千萬不能以偏概全。

家裡由於父親工作常常需要調職的關係，也常常搬家。或許就是因為每個地方都住不久，我們家和掃墓、中元祭祖等活動都無緣。

所謂的「紙馬燈籠」，對我來說不過是俳句上的季節用語，只是一些文字性的知識，在日常生活中幾乎不曾接觸過。

然而有時在因緣巧合下，突然翻閱起記憶的舊帳，便會想起：那時發生過這種事呀、原來有過這段小小的緣分、曾經受過難忘的恩惠……思憶起過世的人們。

回憶就像是老鼠砲一樣，一旦點著了火，一下子在腳邊竄動，一下子又飛往難以捉摸的方向爆炸，嚇著了別人。

爲什麼幾十年來遺忘的往昔會在這一瞬間湧上心頭？驚訝之餘，也能跟早已忘記臉孔和姓名的死者有一段短暫的會面。這就是我的中元，就是我對死去親友送往迎來的燈火吧。

小與大

不知已經有多少年沒吃過聖誕蛋糕了。

當年以需要工作室爲由離開家裡，至今已過了十五年。每年到了十二月中旬以後，我這個微不足道的電視劇本作家爲了年底的拍戲存檔，必須每天振筆疾書，忙得不可開交，自然跟聖誕蛋糕、聖誕禮物絕了緣。但是走在街頭聽見〈聖誕鈴聲〉的旋律響起，經過西點店看見門口貼著「歡迎訂製聖誕蛋糕」的廣告，就會想起十七、八年前那個晚上發生的事。

我手上捧著一個小的聖誕蛋糕，在澀谷車站搭上井之頭線的電車回家。

當時的聖誕夜有種瘋狂的氣氛。銀座的道路上擠滿了人，不是頭戴三角帽、勾肩搭背的醉漢，就是手捧著聖誕蛋糕趕著回家。彷彿沒有買聖誕蛋糕和烤全雞就顯得很不入流、很吃不開一樣。

當時我在日本橋的出版社上班。

公司快倒了，我又遇上一點私人問題，跟家裡面也鬧得不愉快。每次晚上回去，看見家中透出來的燈光，總覺得特別昏暗，必須先站在門口調整一下呼吸，然後才大聲喊「我回來了」，用力拉開木格子大門。

此外我買的蛋糕也很小。

晚上十點以後的電車十分擁擠，手上拿著蛋糕盒的乘客也不少，其中我的看起來最小。父親不是那種會想要買聖誕蛋糕慶祝的人，不知不覺這件事便成了身爲家中老大的我的任務。想到愛吃甜食的母親和弟妹的人數，這蛋糕眞的是買太小了。唯一値得自我安慰的是，蛋糕盒外面包的可是銀座一流西點店的包裝紙。我心想，明年一定要買大一點的，跟著便打起了瞌睡。

那個時候我只要一坐上交通工具就會睡著。大概是因爲兼差寫廣播劇本，每天都睡眠不足的關係吧。不過我的身體裡面就像是裝了一個鬧鐘一樣，快到站時便會自動醒來。可能快接近終點了，車廂內變得很空曠，只有兩、三名醉漢躺在椅子上睡得不醒人事。我準備下車的同時，懷疑起眼前所看到景象——

在我座位前面的行李網架上，放著一個特大號的聖誕蛋糕盒，是我腿上盒子的五倍大，而且是跟我買的同一家店的包裝紙。行李架下的座位沒有坐任何人，顯然有人將它忘在車上了。

怎麼會有這種事發生呢？沒有其他人注意。我心想是否該調包呢，整個人渾身發熱了起來，甚至可以感覺到腋下開始冒汗。

不過這只是一瞬間的事，電車已經進站了，我趕緊抱著自己的小蛋糕盒下車。隨著啓動的汽笛聲響，載著特大號蛋糕盒的黑色電車變成了發光的四方形箱子，畫著弧度往三鷹台的方向漸行漸遠。我站在空無一人的月台上目送著電車駛離，不禁放聲大笑。

不知道是聖誕老人還是耶穌基督，爲我製造了這樣的神蹟。或許這是可憐工作、愛情和家庭都不順利，只能買得起小聖誕蛋糕的老小姐我，所顯現的一場餘興節目吧。

剛才喝了啤酒、帶著醉意的我笑著喊了一聲：「聖誕快樂！」

不經意地，淚水奪眶而出。

五年前，我到海外旅行了一個月。

以拉斯維加斯爲起點，經過祕魯、千里達、巴爾巴特等加勒比海上的小島，從牙買加到西班牙、巴黎，一個頗奇怪的行程，而且三分之一都是西班牙語系的國家。

我是個連英語都說不好的人，提起西班牙語，就只會卡門和唐吉訶德這幾個單字。

一進入餐廳便立刻大喊：「塞魯貝莎、烏諾、奇可。」

塞魯貝莎是「啤酒」，烏諾是「一個」，奇可是「小」的意思。等到送上來一瓶小號的啤酒，再好整以暇地啜飲與觀察周遭，偷看其他人吃的菜。等找到自己想點的，才趕緊翻閱日本交通公社出版的《六國語言會話》，一字一句地依樣畫葫蘆說：「黛美、洛、密斯莫、凱、阿、阿凱賈、貝魯梭那（請給我一份跟那相同的東西）。」

最後如果忘了交代「奇可、奇可」（小的），到時候送上來一大盤，肯定一道菜就會吃撐肚皮。

說來不好意思，或許是因爲我們家有四姊弟，從小我對食物的大小就很計較。這說不定也是受到戰亂時期糧食缺乏的影響。

我們四個食慾旺盛的小孩圍在餐桌前，瞪大了眼睛盯著母親如何平分剛蒸熟的玉米麵包。

「你們這樣子看，媽媽的手會抖，肯定切不好的啦。去拿把尺來！」母親抱怨著。

如今回想起來，魚肉片、蛋糕切得有大有小，又能差多少呢。可是拿到大的就很快樂，拿到小的就覺得委屈，於是抗議幾句後，跟母親或祖母的交換，放到自己的前面一看，又覺得之前的還是比較大，這究竟是一種什麼樣的心態呢？

或許是受到父親身世的影響吧。

從小出生於不幸，輾轉寄居不同人家長大的父親，特別喜歡大的東西。

大房子、大家具、大棵的松樹、大型的狗……

在我五歲還是六歲的那年除夕，父親給我買了一面跟我一樣高的鍵子拍，上面畫著漂亮的道成寺仕女圖；買給弟弟一個幾乎可以當成客廳裝飾的華麗大風箏，讓母親和祖母看得瞠目結舌。

我的身上也有父親那種苦過來的貧賤性格，眼光總是看著上面，虎視眈眈地期待著更大的東西出現。結果到了國外都是特大號的了，卻反而大喊：「給我小的就好！」

在馬德里大廣場旁邊，有家常去的小店，專門賣站著吃的點心。只要我一進門，服務生便會眨著眼睛笑說：「烏諾、奇可。」

我心想自己的身材「奇可」，做人也很「奇可」，一邊吃著切成「奇可」的蛤蜊派。

搬到新家後，等一切都就定位時，最高興有客人來訪。

六年前我買了這間房子，當時覺得有點超乎自己的負荷，但現在只要有客人來訪，我反而會拿這個當話題自我炫耀一番。

有一天晚上，女演員M小姐來看我。

帶她來的人是悠木千帆小姐。當時我正在寫她們兩人主演的電視劇本。M小姐——算了，我還是說出她的名字吧，就是森光子小姐。畢竟我們的交情也夠深了，她也不是那種小氣會計較的人。

森光子小姐一進門便客氣地遞上禮物：「很小顆，眞是不好意思。」

原來她從名古屋錄完音回來，順道來我家拜訪，在新幹線的電車上買了自己要吃的名產——果然是小得很可愛的時雨蛤。

我看了差點要大叫出聲。事實上我的廚房裡有一大箱比這個要大十倍的時雨蛤。

住在名古屋的妹妹新蓋了房子，由於我包了禮金給她，這份回禮傍晚時剛送到家。我這個妹妹一向以「掐緊荷包」而聞名，大概是因爲新居落成心情好吧，還是花光了存款有些自暴自棄，居然變了樣地大方了起來，送來這麼大顆的時雨蛤禮盒。

爲了森光子小姐的名譽起見，我必須強調她也是個大方的人。她吃過苦，所以很懂得照顧跟她一起共事的夥伴，常常會送花或請吃飯。

但是提起那個晚上的時雨蛤，果然跟這篇文章的標題「小與大」有關。人的一生當中，總不太可能收到幾十次的時雨蛤禮盒吧，爲什麼重複收到時會是如此可笑的情形？我納悶地忍著笑，陪著她們喝茶閒話家常。

突然間，兩位女演員彼此對看了一眼，然後問：「我們可以參觀府上的廚房嗎？」

廚房是我精心設計的，也是我炫耀的重點之一。

我自然站起身來招呼：「歡迎歡迎。」

但馬上又是心中一陣驚慌。廚房裡那兩箱時雨蛤禮盒還像嬰兒鞋一樣疊在一起，擺在地板上，怎麼可以讓我們的大明星出糗呢！

「慢點，請讓我先去收拾一下吧。」

「大家都是女人，有什麼關係呢。」

「不行不行，還是讓我先收拾一下吧，拜託。」

我衝進廚房後，立刻將大的禮盒踢進流理台下面。

那一晚，我表現得有些興奮。

因為一安靜下來，我就會想笑，只好不停地說話，一個人拚命地裝瘋賣傻，以至於現在對森光子小姐總有一股難以抹去的愧疚感。其實這並非是誰的錯，但是，森光子小姐，那晚眞是對妳失禮了。

學生時代我曾經在年終時到日本橋的百貨公司打過工。

我負責管收銀機，一開始是在五金類的賣場服務。

當我學會了「臨時休假」就是上廁所、「請假」就是吃飯的店員暗號，開始對老是敲「湯婆子兩百圓」的按鍵感到不耐煩時，就被換到地下室的食品賣場。當時有學生來打工算是很少見，其他店員都很照顧我們這些學生，只要說聲「好像很好吃喲」，就會有人偷偷地趁著客人不注意時用小木片塞一口滷海鰻或甜豆子給我們吃。

其中只有多福豆不行。

一顆顆又圓又大的豆子閃爍著黑亮的光澤排列在櫥窗裡，價錢也高得嚇人。負責管理整個賣場的中年管理員不時會用眼睛數著豆子的數量，暗示我們他很清楚數目，千萬別想偷吃。

有一天下雨了，一名打工的男學生在開店前將滷好的小菜從冷藏庫放進櫥窗時，大概是雨鞋走在地板上打滑了，竟然將裝有多福豆的盤子給打翻了，豆子散落一地。

地板因爲雨鞋上的泥水而濕答答的。賣場管理員跑了過來。我一邊準備收銀機的開機作業，一邊緊張萬分地看著這一幕。如果全部報廢，不知道要損失多少錢呢。就在出錯的工讀生神情緊繃地想要分辯時，管理員二話不說推開他蹲了下去，迅速將散落一地的豆子給撿起來，放進櫥窗裡。

開店的鐘聲響完後，性急的客人陸陸續續走了進來。管理員則若無其事高聲喊著：「歡迎光臨。」

那時蕭條的景氣逐漸復甦了，市面上開始流通千圓大鈔。美空雲雀初露頭角、金閣寺鬧火災，中、小企業破產的消息時有所聞，雖然說糧食不足的問題已經獲得改善，然而老百姓的日常生活還是不太穩定。

在今天，這種情況應該不會發生吧？

總之，從此我再也沒有買過多福豆了。

每當到了橘子、草莓盛產的季節，我就會在意某些小事，搞得自己筋疲力竭的。

我喜歡吃水果，加上家裡的客人也多，所以一到冬天橘子、草莓盛產的時節，大都整箱買來放著吃。可是來我家的訪客知道我愛吃水果，登門的伴手禮多半也是送水果。如果收到的橘子、草莓顆粒很大，倒也相安無事。

我會想：收到的比較漂亮，所以不好意思囉，便將收到的水果放進冰箱，端出便宜的

「現成水果」饗客，招呼客人的態度也自然親切可愛。

但是如果收到的是「奇可」，我們家現有的水果比較大，這時如何應對進退就很微妙了。男人在這方面比較大而化之，女人的心情則會受到影響。爲了避免對方難堪，聊天無法盡興，我會先若無其事地比較收到水果的大小，然後思考該端出哪一邊的水果出來。連這種瑣事都要傷腦筋，我也覺得自己實在太小氣了，但天性如此也沒辦法呀。

一看見食物，就會偷偷比較大小的我，人生已經活了過半，那種大快朵頤的魄力也逐漸消退了，現在似乎有重質不重量的傾向。

七年前，做完父親往生後的五七法事後，我們家爲前來祭拜的親友訂了鰻魚餐盒。當時一打開盒蓋，我便開始比較起烤鰻魚片的大小了，眞不知道我心裡在想些什麼！

哪怕淚漣漣，也要爭分好財產

這首語帶諷刺的川柳詩句眞讓我笑不出來，我想，我與生俱來的貧賤性格到死也改不了吧。

看來我引的例子或許太多了。不知道像伊莉莎白女王這種高貴人士，看到一整排的蛋糕或魚肉時，心裡會不會偷偷地比較大小呢？

我不認識什麼上流社會的人，不可能請教他們，但是如果將來陰錯陽差讓我有機會接觸，我可一定要問個清楚才行。

海苔壽司卷的兩端

走在街上，遇到了遠足的小學生。或許是我的生活跟小孩子無緣，不禁摸摸他們書包問：「裡面裝了些什麼？」

「三明治和沙拉。」

「巧克力、煎餅和口香糖。」

「兩百塊錢以內的糖果點心。」

小朋友七嘴八舌地爭相告訴我。

水壺裡面裝著果汁的人也占了絕大多數。

書包形狀和裝的食物，跟我小時候已經有了極大的不同。

現在的書包多半都是紅色、黃色的尼龍布或柔軟的帆布等材質，第二次世界大戰前的書包則是用縫上橡膠的粗帆布製的。我的書包是看了就令人想睡的粉紅色，背後有個掛鋁製杯子的鐵環，跑起步來會發出「喀啷喀啷」嘈雜的聲響。

書包裡裝的不是飯糰就是海苔壽司卷和白煮蛋，頂多再加上牛奶糖。水壺裡不是裝溫開水就是粗茶。

我們家遠足時帶的便當則是海苔壽司卷。

遠足當天早上，一面惦記著天氣一面起床，餐廳裡已經開始在做便當了。祖母用大得足以懷抱的陶瓷火盆烤海苔，她仔細地將兩張黑得發亮的海苔疊在一起烤火，母親則在旁邊攤開竹簾，將前一天晚上事先煮好的絲瓜乾鋪在上面做成粗大的海苔壽司卷。儘管只是一個小孩要去遠足，還是得做全家七口要吃的分量，算起來也是一件大工程。

包好五、六卷後，再用濕布擦過的菜刀來切，這時候我就沒辦法再繼續安靜地吃早餐了，因爲我想吃海苔壽司卷兩邊切下來的尾端部分。

海苔壽司卷的尾端，絲瓜乾和海苔的比例較米飯多，所以特別好吃。偏偏父親也愛吃這一味，母親等集中成一小盤後就會端到父親面前。父親迫不及待地邊看報紙邊伸手取來吃時，還會告誡我：「路上不准喝生水！」、「不要隨便亂抓不認識的樹枝，小心被刺傷了」。

我心裡哪管得了這些，常常趁著海苔壽司卷的尾端還沒分配給父親前，刀子一切下來就伸手去搶，害得母親趕緊斥責我：「很危險呀，切到手怎麼辦！」

結果我頂多只能吃到兩、三片尾端，心中不免抱怨大人眞是不講理。父親不管什麼東西都喜歡中間，像是魚板、羊羹都是讓母親或祖母吃最旁邊的部分。只有這海苔壽司卷，他也覺得尾端最好吃。

看著母親用竹簾捲壽司的手勢，我暗自希望早點長大嫁人，就可以自己包海苔壽司卷，盡情地享用切下來的尾端部分。後來因爲戰況激烈和空襲的關係，有一段時期暫停遠足活動，不過從小學到女校，前前後後我大概也去過十到十五次的遠足。究竟去過什麼地方？做了些什麼事？三十幾年前的記憶早已印象模糊，腦海中浮現的淨是遠足當天早上家裡忙著捲壽司卷的情景。

有一陣子曾流行吸血鬼造型的存錢筒。將錢幣放上去，就會發出「嘰」的一聲恐怖怪響，突然伸出一隻藍色的小手，用不知道該形容是陰險還是殘酷的動作將錢幣搶了進去。我一直覺得那個動作跟什麼很相似，後來才想到原來跟我在遠足當天早上，看見父親從報紙後面伸出手拿海苔壽司卷尾端吃的動作很像。

我不禁好笑了起來，突然間覺得胸口好像喝了溫開水一樣地溫熱。父母與子女的關係眞是奧妙呀，連這種微不足道的小小怨恨都充滿了懷念。

小學時班上有個女生N，她是有錢人家的千金，開學日總是穿著黑色天鵝絨的禮服來學校。他們家是兩層樓的豪華洋房。我去她家玩時最感到驚訝的，是N直接穿著鞋子就能走進屋子裡。不只是N，連她的弟弟、妹妹和兩、三隻大型犬也都無視於骯髒直接踩在地毯上。地毯上沾滿了厚厚一層的污垢，鋼琴和窗簾上也都積著一層白色的灰塵。

她那年紀還小的弟弟們，耳背和手腳都皸裂泛白了。儘管穿著高級服飾，仔細一看都綻了線。N沒有媽媽，不知去世還是離開了，家裡有兩、三個傭人，隨便小孩子幾點回家、幾點要吃點心，都不會說什麼。

我們坐在餐廳裡吃點心時，N的爸爸回來了。他長得跟他們家養的外國狗一樣，有著長長的鼻子，聽說是大學教授。嘴上的鬍鬚有一半是褐色的，看在身爲小孩子的我的眼裡，感覺很是奇妙。在同樣是灰塵滿地的日光室裡，鸚鵡發出吱吱嘎嘎的叫聲。她爸爸只是瞄了我們小朋友一眼，便面無表情地進房間去了。

不記得是幾年級的遠足了，坐在我旁邊的N一打開便當，便當場掩面哭泣。她腿上的便當盒裡只有一整條沒切的海苔壽司卷。

不久，N有了新媽媽。後來我聽說N是班上最早結婚的人。雖然她表情有些憂鬱，卻長得很漂亮，我一直以爲她的婚姻生活美滿，直到最近我才知道她婚後不久就因爲罹患絕症而撒手人寰。

眼前不禁又浮現出她那穿著高級黑色漆皮鞋的細長雙腳伸直在青青草原上，帶著當時算是很稀奇的熱水瓶，裡面裝著甜紅茶，還有那一整條沒有切開的黑色海苔壽司卷……

我喜歡吃的食物尾端並非只限於海苔壽司卷，就連羊羹、蜂蜜蛋糕也是覺得中間不如兩邊來得好吃。

我們家經常有人送禮，但不知爲什麼就是不能先嚐爲快。得先拿來供佛。

得等父親吃過才行。

總是有一大堆理由延後了享用的時機，直到找不到藉口也沒辦法拿出來招待客人時，才會下放給我們小孩子吃。這時羊羹的兩端都已經化成白色的砂糖，吃起來有種沙沙的感覺，但我還是覺得好吃。

蜂蜜蛋糕兩端比較堅硬的部分，尤其是底下黏在紙張上面、呈焦糖色的部分最好吃。如果有人粗枝大葉地取下蛋糕，留下這一部分，我就覺得自己有權利跟他要過來，仔細地刮下來享用。

魚板、蛋卷的兩端。

手工豆腐的邊緣，用布包過的較硬部分。

火腿、香腸的末端。

吐司麵包邊緣的部分。

直到現在坐在吧台前，看見調酒師在眼前切三明治，毫不在乎地將包有火腿、生菜的吐司麵包邊切掉時，就覺得好可惜。

坐在壽司店的櫃檯前也一樣。看見壽司師傅正在包海苔壽司卷或花壽司時，我就很想問：「尾端要丟掉，還是要留給誰吃呢？」

此外不是尾端的部分，但也是我的最愛的，例如南部煎餅邊緣多出來的焦脆部分。罐頭鮭魚的骨頭。

我就是很喜歡這類的食物。

聽起來好像很廉價，可是吃時美味可口，吃完卻又不會有愧疚感。朋友嘲笑我：愛吃末梢、尾端，算不算是一種被虐待的情結。也許是我想的太多，我自己的理由卻是：因為人生的苦頭吃得不夠多，所以才要藉此更深入地體會人生的滋味。

小時候也很喜歡吃燒焦的東西，或許是喜歡吃尾端的另類發展吧。第二次世界大戰前，祖母還在世的時候，煮飯是她的主要工作，因此我早上一醒來，還等不及換下睡衣便會跑到廚房詢問頭上綁著布巾、蹲在灶前用長火鉗撥炭、將滅火壺放進灶裡的祖母有沒有幫我做鍋巴。

「等妳數到七，就會有香脆脆的鍋巴了。」

一聽她這麼說，我才安心地回房換穿制服。祖母會背著父親將鍋巴捏成小的鹽水飯糰偷偷塞給我。大概是因為她人小卻很固執，捏的飯糰鹽水足夠，圓鼓鼓的形狀十分緊密結實。

如今回想起來，也許以前的米、鹽和水質都比較好吧。用大灶、柴火和鐵鍋燒出來的米飯，且還是趁熱捏成的飯糰，味道當然沒話說。

以及加上害怕父親發現的刺激感。於是我請祖母幫忙把風，好躲在碗櫃後面張大眼睛大快朵頤。

吃完飯糰，祖母幫我將手擦乾淨後，我才跑到洗手間旁的小房間探頭觀望，看見滿臉都是泡沫的父親在母親的鏡台邊磨刮鬍刀。父親看我站在他後面，就會故意伸長下巴或鼓起臉頰做出可笑的表情開始刮鬍子。

因爲偷吃鍋巴飯糰的事沒有被發覺，我便安心地幫爸爸挽起過長的衣袖下襬，免得沾濕了。

喜歡尾端似乎也不止限於食物。看我從小到大拍的紀念照，幾乎很少站在正中央，肯定都是躲在最後一排露出一個頭來。

進入電影院或咖啡廳時也是一樣，我會下意識地往角落走過去。像我這種人就很羨慕那種明明旁邊有位置卻還是要往中間擠，肆無忌憚地大吃大喝的人。

學生時代玩九人制排球時，我負責支援中衛，所以那時只要右手邊有人，我就會覺得不自在。現在已經沒有這種困擾了，但如果背後有牆壁可靠，我還是會覺得比較安心。

不過我倒是有兩次被迫坐在大廳中間的經驗。

一次是十年前我到關西辦事時發生的事。那是位於京都一家以狼牙鱔（註）料理聞名的餐廳，由於記得店名便翻電話簿查號碼，預約了午餐。由於電話聲很小，我以爲對方回

註：狼牙鱔，即鱧、海鰻，主要產於西日本。

答「歡迎大駕光臨」便出門前去了。

好不容易找到那家店，心中固然很高興，但令我吃驚的是，原本以為不過是家小店，結果竟然是高級大餐廳。對方也有所誤會，沒想到我只是一個女人家來吃飯，有些困擾地表示只剩下最大的包廂還空著。還好一位看似餐廳少東的人見我提著旅行包，便帶我前往廂房。

的確是間很寬敞的包廂。

我心想眞是糟糕，卻又不能打退堂鼓。只好硬著頭皮坐下來，開始享用一道又一道端上來的狼牙鱔美食。一名中年女服務生負責招呼我用餐，在我用餐完畢時，她說：「我從事這行已經很久了，從沒有看過一個女人家坐在這麼大的包廂裡能夠如此自在地喝酒用餐，請問您是什麼人呢？」

我總不能回答早知如此就不來了，只好惶恐地表示自己的名字不足掛齒。女服務生又繼續說：「我想您將來一定會出人頭地的。」

這時隔壁包廂的紙門悄悄推開了一公分，裡面有好幾雙眼睛張望著我。隔壁包廂好像有十幾位正在聚餐的中年婦女，可以聽見她們用關西腔調在閒話家常，顯然她們對我這名不尋常的客人感到好奇。

我很想大叫「我可不是來讓妳們參觀的」，但既然有人拍胸脯保證妳會出人頭地，還是別跟她們一般見識了。

或許是被看好的關係，我的心情也格外高興。不過當廚師和服務生們一字排開列隊送我到店門口時，坐上計程車的我早已汗流浹背了。

第二次是七、八年前，在赤坂一家旅館閉關趕稿時發生的事。當時因爲有全國市長會議，旅館要求我換到大和室住一晚上。正好我也有些住膩了狹小的客房，所以很高興地答應了。但等到進了房間，我整個人當場呆掉。

在有五、六十張榻榻米大的大和室中央，豎著一道屏風，前面擺著一套日式矮几。如果我是大文豪也就罷了，偏偏只是個剛出道的文字工作者，而且又生性貧賤喜歡尾端的事物。我就像地鼠被丟棄在地面上一樣，渾身不對勁，最後決定將矮几拖到房間角落。

可是還是不行。

不是位於角落就能平心靜氣，必須是狹小地方的角落才行。這麼大的和室，就算是躲在角落，我還是很在意整個空間。關上電燈有些陰森可怕，亮晃晃地開著燈則又一片空曠，感覺很不對勁。沒辦法，我只好站在房間中央做體操，然後攤開棉被試著睡覺，但始終就是睡不好。

腦海中浮現幾年前看過的電影畫面。那是描寫愛彌爾・左拉（註）的傳記。左拉因爲

註：愛彌爾・左拉（Emile Zola, 1841～1902），十九世紀後半期法國重要的批判現實主義作家，自然主義文學理論的主要倡導者，一生寫成數十部長篇小說，代表作為《萌芽》。

牽連到德雷休斯事件而窮困潦倒，晚年在書房寫作時，吸了太多煤氣燈不完全燃燒排放的一氧化碳而意外身故。當時他的書房也很寬敞，而且左拉的書桌就斜擺在正中央。

也許這種位置的書桌擺法能夠寫出偉大傑作，但畢竟我不是那塊料。

接著想到的是寫出《藍色狂想曲》的音樂家蓋希文（註一）的工作室，也是一間山莊裡的大房間，二十五坪大的房間正中央擺著一架鋼琴。

從這兩位開始，我不斷想像東西方藝術大師的書桌擺放位置。托爾斯泰、鴨長明（註二）、紫式部（註三），不知道他們是在大房間還是小房間裡寫作呢？用的書桌是大是小？位置是在正中央嗎？還是稍微有點斜放……

我一向認為寫作的人的外貌、體格和其作品具有微妙的關聯。此外，也必須考慮其書房的大小和書桌的位置。就這樣胡思亂想之際，天也已經亮了，終究我一個字也沒寫出來。

拿自己跟古今中外的大人物相比誠然有些不倫不類，但是我目前用來寫作的書桌則僅是靠在房間角落的牆邊，一張很寒酸的小書桌。

桌上有一小瓶的啤酒。

我一邊啃著義大利香腸的尾端一邊寫作。筆筒裡插滿了短到不能用卻又捨不得丟掉的鉛筆……

我覺得愧對當初跟我打包票、說我一定會出人頭地的女服務生，如果她看到我這副邋這樣，一定會大嘆看錯人了。

註一：蓋希文（George Gershwin, 1898～1937），美國知名作曲家。《藍色狂想曲》為其成名作。

註二：鴨長明（1155～1216），日本鎌倉時期的歌人、作家，代表作為《方丈記》。

註三：紫式部，日本平安時期的女作家、歌人，著有《源氏物語》。

學生冰淇淋

記得曾在某本書上讀到將冰淇淋帶進法國的人是凱薩琳・梅迪奇。

據說從佛羅倫斯的一介金融業者竄起，憑藉著謀略權術與毒殺詭計，成爲歐洲首富與最有權勢的梅迪奇家族，當他們家的女兒凱薩琳嫁給法國國王亨利二世成爲王妃時，陪嫁的除了一批侍女外，就是這份食譜，這也是今日冰淇淋的濫觴。

梅迪奇家族也是提倡文藝復興運動的大財主，或許包含達文西、米開朗基羅等大師都曾經在梅迪奇家中的沙龍接受過冰淇淋招待。這麼一想，在欣賞波提切利名作《維納斯的誕生》時，總覺得瀰漫著一股冰淇淋的香味。這是大家耳熟能詳的神話傳說，畫的是從貝殼裡誕生的美女，卻竟然呈現出中古禁慾時期所不該有的甜美與清涼的感官性。

從西洋名畫一下子跳到我們家廚房，實在過於唐突與失禮。頭一次吃自己家裡做的冰淇淋是在小學三年級的時候。放學一回家，看見母親坐在廚房地板上，美人尖的額頭上冒著汗珠，好像在做什麼不太順手的事。木桶裡面裝滿了碎冰，中間插著一個水瓶，母親費勁地用力轉動著水瓶，說是冰淇淋馬上就做好了，但看著昨天晚上還在浴室裡使用過的木桶，實在很難想像從裡面會製造出冰涼的點心來。然而當母親讓我嚐了一下附著在水瓶外圍的淡黃色冰霜時，果然是有冰淇淋的味道。

我們四姊弟一字排開坐在餐廳的入口等待冰淇淋完成。當時我們住在鹿兒島的城山一帶，後山上長滿了橘子和枇杷樹。山風穿過我們寬闊的家時，總會帶來夏季濃濃的香味。母親氣喘吁吁地轉動著水瓶，看著她白色和服下的臀部充滿韻律地在烏黑發亮的地板上扭動，我心想：「媽媽的屁股還眞是大呀。」

我甚至記得，當時還很感動地想到：我們四姊弟竟然都是媽媽所生的。

文藝復興的原文是「重生」，意謂著重新確認與發覺自己生命的起源。雖然眼前的景象跟西洋名畫差得遠了，但從母親拚命轉動水瓶的偉大臀部發覺母愛，或許這就是我精神上的文藝復興吧。

結果那一天母親手做的冰淇淋，相對於製作耗費的時間，我們每個人分到的量卻是少得可憐。如今每個家庭裡都有冰箱，打開冰箱，多少也能見到一、兩盒冰淇淋。二次大戰之前可不是這樣，冰淇淋，而且是香草口味的冰淇淋，是要穿上外出服的洋裝，到西餐廳或百貨公司的飲食部，以戒愼緊張的心情享用的高級食品呀。

——還有裝冰淇淋的典雅銀色高腰圓形容器。

——跟中村梅子的臉形一模一樣的冰淇淋小調羹、旁邊添加的威化餅乾。以上配件缺一不可，少了任何一樣，就感覺冰淇淋的風味盡失。

趁著冰淇淋還沒融化，想要盡快吃下的心情和想慢慢品嚐美味的心情在內心交戰著。

我甚至希望早點長大成人，好一次可以品嚐兩球冰淇淋，卻萬萬沒想到自己在十年後會沿街叫賣冰淇淋。

學生時代打工賣冰淇淋是在昭和二十三（一九四八）年的夏天。當時因爲父親調職的關係，我們家搬到仙台，只有我和弟弟住在麻布市兵衛町母親的娘家繼續通學。雖然家裡會定期寄零用錢來，但是因爲當時正值改制新幣沒多久，我有時也想買些書或看場電影之類的，手上的零用錢自然不夠花。

我記得冰淇淋的中盤商應該是在如今的神谷町一帶。三十多名工讀生先在那裡練習如何操作舀冰杓。根據專家的說法，必須舀得外觀看起來很密實，而裡面其實有些鬆散，才能夠多賣幾盒、賺多一點錢。裝好冰淇淋之後，老闆將一男一女分成一組，讓我們帶著五十個裝好的圓形冰淇淋盒和裝有舀冰杓和零錢的小布袋，說聲「加油，好好幹吧」，便打發我們出去做生意了。

提起我當時的裝扮，是黑裙子配白襯衫，底下穿著帆布運動鞋。外婆怕我中暑或染上日本腦炎，在我頭上加了一頂割草用的大草帽。這就是我可笑的賣冰淇淋造型。

當老闆鼓勵我們「加油，好好幹」時，我才發覺身爲上班族人家女兒的可悲之處。原來從小到大，這二十年來我從沒有賣東西給任何人過。和我搭檔的男學生看起來也是一樣的生活背景，兩人只知道站在路邊發呆。

光是發呆的話，不僅頭頂熱得發燙，而且最糟糕的是冰淇淋會融化。何況之前專家才告訴我們，這門生意好玩的地方就在於如何將五十盒冰淇淋賣出去，動作太慢的話就只能賣出三十五盒。於是我鼓起勇氣，輕輕推開眼前一家好像比較容易進去的人家大門，高聲喊著：「有人在家嗎？我們是工讀生……」

還來不及說我們在賣冰淇淋，裡面便傳來叫罵聲：「你們給我識相點！」一個身上只穿著縮水鬆垮短褲的老先生站在門口生氣地打著呵欠，說剛剛已經有許多賣冰淇淋的工讀生走了又來，害他根本沒辦法睡午覺。

聽他這麼一說，我才發覺冰淇淋中盤商位在坡道中央。因爲是盛夏，加上扛著重物，大家自然往下坡走。先出發的人肯定也會走進這戶看起來好像很容易推銷的人家大門。我們不斷道歉後，盡可能選擇沒有人走過的路開始喊「有沒有人在家」地做生意，但還是效果不彰。

我沒有什麼數字概念，已經記不得一盒冰淇淋賣幾塊錢，只知道在當時算是高價位的東西。眼看剛開始舀的時候還會沙沙作響的冰淇淋逐漸開始軟化了，我的腳步也很自然地往寄居的麻布一帶前進。靠著外婆向左鄰右舍吆喝，好不容易才賣出一半。

近鄉情益怯
乞兒不敢入家門

我才體會到這眞是首名詩句。

街頭上傳來了〈銀座康康舞女郎〉的旋律聲。

那時澀谷的松濤一區剛發生過一場小火災。

隔天一早我便和搭檔跑到災區去。雖然說初生之犢不畏虎，但想到那一天的舉動我還是冷汗直流。

因爲我們又被正在收拾災後家園的家庭主婦給責罵了一頓：「你們怎麼好意思賣冰淇淋給才剛遭遇火災的人呢？拜託請站在別人的立場想想吧。」

我們一句話也不敢回。

搭檔的男學生靠在燒得焦黑的電線桿上，一邊吸著很短的香菸，一邊喊著：「我幹不下去了！」

如果沿街叫賣不是很有效率，往往冰淇淋融化的速度要比賣出去的速度還快，結果賺錢的只有中盤商而已。那時我腦中突然閃過昭和電工的熱門新聞，一連好幾天報上都在討論該公司員工有沒有花好幾千塊爲情婦秀駒小姐買皮包的事。

「我們去昭和電工試試看吧！」

光憑這一點點的認識就想闖進熱門話題的昭和電工，想想也實在太丟臉了。人家警衛馬上一臉嚴肅地將我們給趕了出去。第一次出擊雖然失敗，但我們開始轉向景氣好的公司行號進攻，果然開發了不少好客戶。我已經忘記其中最捧場的客戶叫什麼名字了，是位在青山一丁目、目前是心臟血液研究所的一家公司。

我們逐漸懂得做生意的竅門。首先讓警衛先生試吃冰淇淋，吃過之後請他介紹我們到總務或行政部門，然後也是先請部門主管試吃，於是對方便答應讓我們利用午休一個小時的時間在空車庫裡販賣，甚至還幫我們在公司裡面廣播。那時候大公司還不時興將辦公室遷入摩天大樓裡，若是公司附近又沒有咖啡廳的話，冰淇淋自然賣得好。手上拿著茶杯、便當盒蓋的職員排隊購買，供不應求。搭檔的男學生不得不跑回去追加訂貨再趕著送過來。一位祕書小姐捧著托盤過來，上面放有五個杯子，她說：「這是高級主管會議要吃的，請幫我每個杯子各放兩球。」

「謝謝！」突然間，我發覺我們答謝的聲音也自然大聲了起來。

看來我已經不需要戴草帽了，只要每隔三天利用中午休息時間到老客戶那邊轉轉就可以了。我們這一組的營業額幾乎是其他組的四、五倍。

但是好景不常，終於其他人也開始仿效我們的策略。當我們到老客戶那裡時，其他組的人已經捷足先登，早賣了起來。有時候甚至還會看見男學生爲了搶奪生意據點而大打出手的難看畫面。

我們束手無策，只好再改變戰略。邊走邊思考的時候，居然因爲沒有注意到號誌燈而被警察先生給攔了下來。大概是因爲道歉的說法「對不起，因爲趕時間……」太草率，反而被認爲是態度不佳而被帶回警察局。似乎我們一男一女在大白天共提著一個冰桶被誤會是情侶了，在國電品川車站旁邊的派出所裡，一名中年警察對我們滔滔不絕地說教。他的話還沒說完，我擔心冰淇淋要融化了，於是打斷他並掀開冰桶，開始介紹起我們賣的冰淇淋。

他將茶杯洗乾淨後買了一球，還告訴我們：「附近有警察的單身宿舍，你們不妨去試試看。」

甚至還教我們，要是從大門進去的話，負責管理的歐巴桑會罵人，不如從外面敲每一間房間的窗戶叫賣。

警察先生們幾乎都半裸著身子，但很親切。他們的制服和帽子就掛在牆壁上，畢竟是盛夏的傍晚，每個人身上都只穿著長褲，邊搔著肚臍邊說：「既然是老爹介紹的，那就買一球吧。」

其中一名警察先生還問我們：「去屠宰場賣過了嗎？」

那時新橋車站前是烤下水等小吃攤的全盛時期，據說都是在屠宰場工作的人給捧場做起來的。

「現在全東京最有錢的人就是他們。」最後還畫了張地圖。

我們沿著滿是塵埃的馬路，朝屠宰場邁進。

屠宰場的人身上有股奇怪的味道，圍裙上血跡斑斑。一開始我們有些退縮，但習慣之後發現他們都是很親切的大哥哥。

說來有些不好意思，在我的人生當中從來沒有這麼受歡迎過。

「小姐，長得很漂亮喲。」頭一次有人這麼稱讚我，也頭一次有人說要跟我拍照，還有人端茶給我，甚至搬椅子叫我坐下來休息。搭檔的男生在一旁很不是滋味。爲了報答他們，我便幫他們縫補釦子或陪他們玩接球的遊戲。

每天都快樂得不得了。

只要花點腦筋就能增加收入，這是出生在白領家庭的我前所未有的愉快經驗，能夠認識一群素不相識的人也是一大樂事。

但是我的冰淇淋叫賣生涯只經歷了一個月便告落幕。因爲外婆寫信告訴父親我在打工，父親立即捎來限時信要我回家。整件事結束後，才發覺小時候希望一次吃兩球冰淇淋的我，居然打工期間一球也沒有吃到。

從東京到仙台搭火車需要八個小時的路程，今日可能連一半的時間都不用吧。在二十五年前，那可是件大工程，一天下來整個人的鼻孔和洋裝袖口都給煤灰燻黑了。

儘管不捨，還是停止了冰淇淋叫賣的打工，搭上長磐線的火車回家。對面座位上坐著一名W大學的男學生，一臉憤怒似地在閱讀雜誌。不久列車長來查票，一不小心我的車票掉落在地板上。他俯身幫我撿起來，因爲地板是濕的，手也弄髒了。爲了表示歉意，我遞出帶來的糖果給他，他依然一臉生氣地拿了一顆塞進嘴裡。

在水戶站時，他買了兩個冰淇淋，其中一個推到我所在的窗邊。

我一面推辭又說要付錢給他，他看起來更加生氣了。沒辦法，我只好恭敬不如從命。那是個四角形的冰淇淋，上面插了根小木片。吃的時候，我有點想笑。

本來很想跟他說：「你知道嗎？直到昨天爲止我都在賣冰淇淋耶。」

可是對方一句話都不說，我也不好開口。最後實在忍不住笑了出來，他才稍微笑了一下。

他在平站下車。下車時不發一語地將剛剛閱讀的雜誌塞給了我，意思好像是說：妳拿去打發時間吧。我道謝收下了，卻發現他的神情緊張，手也在顫抖。我心想他大概是內急吧。當時的交通狀況很不好，有時連車廂裡的廁所都站著乘客。

結果火車啓動後，我翻開雜誌——不記得是《文藝春秋》還是《改造》了，反正就是那一類的雜誌，發現裡面夾了一張紙片，字跡端正地寫著他的住址和名字。我才恍然大悟剛剛他爲什麼會緊張得手在顫抖。故事就到這裡結束，或許是因爲感覺這段緣分跟冰淇淋有關，很長的一段時間裡我都將這張紙片放在月票夾中。

記憶像是綻口的毛線，一旦找到了頭便能一扯再扯、沒完沒了。

叫賣冰淇淋的最後那個傍晚，我們抱著還剩五、六盒賣不出去的冰淇淋，坐在明治神宮表參道前的馬路邊。搭檔的男同學基於義氣也是做到那一天爲止。爲了紀念生意昌隆，我們決定將剩下來的冰淇淋免費送給看起來順眼的路人。

就在這時，一名年約五、六歲的小女孩抱著一個空鍋子經過我們面前，大概是要去買豆腐吧。我們叫住了她，將冰淇淋放進鍋子裡，還爲了怕她媽媽責怪而將事情始末寫在紙條上讓她帶回去。小女孩一副快要哭出來的樣子，彷彿被惡狗追趕似地往同潤會公寓的方向飛奔回家。

直到寫這篇文章時，我才想起：原來我現在住的這間公寓，距離二十五年前我們坐下來歇腳的表參道還不到一百公尺遠呀！

游魚眼中滿含淚

小時候我很不喜歡吃小魚乾。

不是說我討厭吃魚或是討厭沙丁魚，而是用乾草繩穿過魚眼睛讓我覺得很恐怖，看到就覺得眼睛發疼，根本沒有食慾。

不記得是幾歲了。有一天祖母用火爐在烤小魚乾，站在旁邊的我看著四條串成一串的小魚乾問：「牠們是兄弟姊妹還是朋友呢？」

祖母一邊搖著焦黃的蒲扇，一邊用同樣燒得焦黑的筷子翻動魚乾。「魚是卵生的，所以沒有父母也沒有兄弟姊妹。」

但是或許因爲我們家有四姊弟，我總覺得那是四條沙丁魚兄弟姊妹同時被抓了起來，並排地死在一起。我小聲地說出心裡的想法後，祖母一邊眨著被煙燻得難過的眼睛，一邊盯著我的臉：「我看妳是書讀太多，有點神經衰弱了吧！」

當時還不流行「精神官能症」的說法。

我不覺得自己是神經衰弱，而是不知道爲什麼從這個時期起，我開始介意起「魚眼睛」。

祖母是能登人。親戚中有人從事漁業，所以對魚類知之甚詳，只要問她皆知無不言。最讓我感到痛心的就是鰯仔魚。鰯仔魚是沙丁魚的魚苗，據說是將黏在魚網上的小魚直接在海邊曬乾。陽光炙熱的話，一天便能曬成魚乾，算是上等貨色。想到活生生地在陽光下曝曬而死，我就很同情那些沙丁魚。仔細一看也會覺得每一隻魚都痛苦地扭曲著身體，眼神茫然地無語問蒼天，死狀淒慘。或許是臨死前的痛苦掙扎吧，有的魚張開了嘴巴，有的甚至身體斷成兩截。

我很想問：「是不是魚在死前也會想喝水呢？」

但是害怕又被說成是神經衰弱而選擇了閉嘴。

這麼說起來，我也不能接受鰯仔魚片（註）。

鰯仔魚片是父親愛吃的小菜。母親將鰯仔魚片稍微烘烤過後，切成適當大小裝在父親專用的小碟子上則是我的工作。既然我對魚眼睛過敏，想到居然要面對這一堆黑色的小眼睛，心情便難過得不得了，於是轉過頭去，好讓視線盡可能不要跟魚眼睛對上。

這卻換來了父親的大聲斥責：「妳做事時眼睛看哪裡！」

我也不喜歡白魚乾。家裡只有我一個人的涼拌蘿蔔絲是拌柴魚吃的。雖然柴魚也有眼睛，但是眼不見爲淨，只要不將魚眼睛放在我面前就沒事。

一旦對魚眼睛有意見，吃整條連頭帶尾的魚便很痛苦。端上來的如果是生魚片或切塊的魚肉就還好，若是整條燒烤的竹筴魚或秋刀魚則很難下箸。

有時候我會跟著母親或祖母到市場買魚。儘管心裡想著不要看，視線還是自然地瞄到魚身上。不管是什麼魚都沒有眼瞼和睫毛，而是圓睜著黑色的眼珠子。新鮮的魚眼球透明如水，隨著時間經過會變成像鄰居中風的老爺爺一樣，眼睛渾濁。想到燒煮之後，魚的眼睛會變白，我覺得不忍心，於是固執地要求大人買生魚片或是切開的魚肉塊。

如果一條魚切成兩塊，我會要尾巴的部分。而像比目魚這種魚，黑色的那一面有兩隻眼睛擠在一起，所以如果要吃頭時，我一定迅速地將魚身翻到白色的那一面才動筷子，至少心裡好過些。

「魚眼球的肉最好吃了。」

看著父親和祖母忙著夾魚眼睛周圍的肉來吃，不禁覺得他們好殘忍呀。偏偏我又特別愛吃魚肉，害怕看見魚眼睛卻愛吃魚肉，我這個人還眞是麻煩。

討厭的食物還有「魚骨湯」。

就是吃完魚肉後，將吃剩的魚骨、魚頭熬成湯來喝。由於我的身體一向很虛弱，祖母每次都說魚骨湯很營養，要我一定得喝掉。我只好閉著眼睛喝完。我想現在一定還有很多老人家會這麼做，以前的人總是不捨得丟掉有鹹味的東西，祖母連剩在碟子裡的醬油都會

註：將一堆魩仔魚壓成薄片的食物。

加點熱水喝掉。

春去鳥悲啼，游魚眼中滿含淚

對於芭蕉大師（註）實在很抱歉，直到今天我還不太能好好欣賞這首俳句的意涵。

讀完這首詩，我的感覺是：

用白色針線將櫻花瓣滿滿地縫在黑布上做成手環與首飾。等到這淡紅色、冰冷的花瓣飾品變成了黃褐色，春天也即將結束。

披著紫色披肩上街買菜的母親回來了。從鵝黃色的鹽罐裡抓了一把粗鹽，塗抹在竹篩上並列的魚身上。一整排的魚似乎眼眶都淚濕了。

這時傳來祖母飼養的十姊妹的啼叫聲。四方形的鳥籠就掛在日曬充足的陽台上，周遭地面上散落著十姊妹的小米飼料。

「又到了該換亞麻衣服的季節了，媽。」

父親很講究穿衣服，夏季一到每天都穿著亞麻西裝上班。

「是呀，洗燙起來很費事呀……」

「那您跟孩子們的爹說嘛，今年多做幾套吧。」

走廊上傳來母親和祖母的對話。眼前似乎可以看見年輕時的母親跪在走廊邊，鼓著臉頰噴出霧水幫父親燙衣服的身影。

腦海中還有站著母親背後，身穿亞麻西裝、頭戴康康帽或巴拿馬草帽、拄著藤製枴杖、留著不輸給夏目漱石的鬍子、神情威嚴的父親的身影。

我曾經吃過猴子肉。

那是住在四國高松的時候，所以應該是在小學六年級吧，父親到高知出差帶回家的禮物。

父親一邊責備母親和祖母的大驚小怪，一邊忙著準備做壽喜燒火鍋。猴肉鮮紅欲滴，十分美麗。我戰戰兢兢地將肉片放進嘴裡，發覺比牛肉或豬肉都甜，肉質柔軟，相當可口。

可是咬到一半時，好像嘴裡多了什麼東西。吐到碟子一看，原來是黑色豆子般的霰彈丸。

「聽說猴子中彈後，紅色的臉會逐漸翻白，但猴子還是用力抓著樹枝不放。直到抓不住了才掉到地面上來，慢慢地閉上眼睛斷氣。所以有經驗的老獵人都不太喜歡開槍打猴子。」

註：松尾芭蕉（1644～1694），日本古典俳句大家。喜好四處遊山玩水，並在行程中記錄所見、所聞及感想，因此留下了質、量都極可觀的「紀行文學」。

父親很會說故事。

喝了啤酒滿臉通紅的父親看起來就像猴子。祖母一臉厭惡地放下了筷子，母親則找個藉口起身到廚房去，沒有人肯動筷子的猴肉火鍋就這麼在爐子上繼續燒著。

我有一個會睡覺的娃娃。

是一個做工精緻的大型日本玩偶。肚子上貼著一個用和紙做的發聲器，按一下就會發出嬰兒般的哭聲。將它放平躺下，眼睛會咕嚕一聲閉起來。

臉蛋雪白美麗卻面無表情，感覺有些可怕。我尤其討厭咕嚕一聲眼睛閉起來的那一瞬間，總是盡可能地將眼光避開。聽了猴子的故事後，我將娃娃放進祖母給我的藤籃裡。明明是自己將娃娃塞進去的，卻又忍不住常常偷看娃娃做何表情。

我也受不了鳥的眼睛。

鳥的眼睛就跟睡覺娃娃一樣，下眼瞼會上下翻動。因為害怕這一點，我始終無法喜歡金絲雀與十姊妹。

小鳥停在手指上時，細瘦的爪子會用力夾緊。

對於愛鳥的人來說也許不錯，我卻覺得痛得難受。

飼養貓咪最快樂的是小貓眼睛張開的時候。

小貓出生一個星期之內是看不見的。過了兩、三天，眼皮張開了，形狀像粉紅色的日式甜點葛櫻一樣，不過據說還沒有視力。小貓抬起跟身材不成比例的大頭，抖動小鼻子拚命嗅著空氣的味道。

然而過了一個星期到十天，早上起床去看時，四、五隻的小貓咪之中，有一隻已經睜開一隻眼睛。不過也不是張得很開，而是像用雕刻刀輕輕劃過一樣，如同葛櫻裡面露出一點的黑色眼瞳。

「原來你是第一名呀。」我很關心這隻剛張開一隻眼睛的小貓，搔搔牠的前肢逗弄牠玩耍之際，另一隻小貓的一隻眼睛也張開了。這似乎跟小貓的身材大小沒有關係，也跟聰明才智毫不相干。奇怪的是到了傍晚所有的小貓都張開了雙眼。其中最早睜開一隻眼睛的小貓有時很可能是最後一個張開另一隻眼睛的，因此我才覺得很有意思。

更妙的是，這些剛睜開眼睛的小貓，一旦和我四目相對便會咪咪叫。小貓的身體大小不過相當於大一點的紅豆麻糬，在牠們的眼裡看來，我豈只是巨人格列弗，簡直就是大怪獸吧。可是沒有人教牠們，牠們很本能地知道自己的眼睛和我的眼睛是相對應的器官。這究竟是怎麼一回事呢？

一個月後，當我睡覺時，小貓就會爬上我的身體，跟我嬉鬧玩耍。這時牠們會咬我的腳後跟，好像很看不順眼似的。撫摸牠們的小臉也必須留意才行。等到牠們長大之後，很明顯的就不能再碰觸其眼睛四周，牠們會伸出貓爪抵抗。關於這一點我始終覺得很奧妙。

有時我到動物園只是爲了觀察動物的眼睛。

獅子有著一雙好人的眼睛；老虎的眼神則顯得冷酷、有心機。

熊的身體龐大，卻擁有一雙深陷的小眼睛，看起來很陰險；熊貓如果去除掉眼睛四周可愛的眼影，不過就是一隻普通的白熊。

駱駝看起來很狡猾；大象的眼睛——或許是我個人的想法，總覺得跟印度首相甘地一樣，深謀遠慮，而且還是那種讓人不敢掉以輕心對待的老太婆的眼睛。

長頸鹿的眼睛是正值青春期的高瘦少女，帶點羞澀。只是嘴巴在動的牛，眼神顯得一切都看開了；馬則跟男人一樣，眼神哀傷。註定在賽馬場上不斷奔跑的馬匹和場外撕碎落選馬票的男人們，說不定有著同樣的眼神。

就在前不久，某家雜誌要我寫一篇附插圖的散文。

對方表示可以用子女或孫子畫的圖畫來代替，遺憾的是我既沒有老公，當然也就不可能會有子女或孫子。

沒辦法，我只好在出門到銀座時順便去文具店買素描簿和炭筆。三十多年沒畫畫了，我也想牛刀小試一番。剛好在魚店看到漂亮的竹筴魚，於是買了一條，同時仔細比較了一下虎頭魚的長相後，最後又買了小魚乾回去。

我想起了小時候曾經害怕看魚眼睛。如果長大以後還是一樣的話，說不定也能跟吉行理惠一樣寫出風格細膩的詩或文章。只可惜遭逢了戰爭和糧食缺乏的時代，別說是害怕魚眼睛，凡是能入口的東西就連南瓜藤也要拿來做菜吃，後來不知道是被鍛鍊的還是年紀大了的關係，如今看到別人不吃鯛魚的眼肉，還會主動跟人家要來享用呢。

我心想，人總是會變的，接著便開始寫生竹筴魚。然而怎麼看都覺得自己畫得有些奇怪，形狀的確有竹筴魚的樣子，就是眼睛不大對勁。

太過嬌媚了。

眼睛的表情太過了。

有的甚至帶有笑意。

我決定放棄竹筴魚改畫虎頭魚，也畫了成串的小魚乾。不管怎麼畫，畫出來的都是女人的眼睛。女的竹筴魚、女的虎頭魚、女的小魚乾，而且這些魚都跟我長得有點像。

我放棄畫魚，開始畫南瓜，心中直納悶魚的臉怎麼那麼難畫呢？

我拿出中川政一大師的水墨、膠彩畫冊《門前孩童》來翻閱。

笠子魚、沙丁魚、比目魚和石斑。

每一條魚都是魚的臉、魚的眼睛。

前面提到了〈春去〉的俳句，我還必須畫蛇添足說個故事。

我有個朋友很容易長魚眼（註）。

註：即俗稱的雞眼，日文稱魚眼。

根據辭典上的解釋，魚眼是腳後跟或腳底的角質層變粗變厚，然後深深嵌入真皮組織造成的。受到壓迫時，會刺激魚眼內的神經而感到劇痛。

我沒有長過魚眼，但聽說好像眞的很難受。我的朋友表示：冬天的話還好，等到櫻花謝了，不再穿厚毛襪時，薄棉襪實在不足以減緩魚眼的疼痛。一想到那種痛楚，他就毛骨悚然。而且一旦長過就會成爲慣性，不管怎麼挖掉還是會繼續長出來，痛起來的時候，連大男人都會忍不住流淚。而且，魚眼已經成爲那個朋友的代名詞了。

聽說魚眼必須用小刀輕輕地挖出來，大小像珍珠一樣，有些骯髒，就跟竹筴魚的眼珠子一模一樣。

春去鳥悲啼，游魚眼中滿含淚

對我的朋友而言，俳聖芭蕉的悲憫之情，直接就發生在他的腳下。

左鄰右舍的味道

由於父親工作的關係，我是在不斷轉學和搬家的過程中長大的。光是小學就轉過宇都宮、東京、鹿兒島、四國的高松等四所。儘管經驗豐富，每當到新學校報到的早上，小孩子的心情還是很沉重的。

「多吃點飯再去上學，空著肚子會被看扁的。」父親捧著特大號的飯碗在早餐桌上大發議論。「不要先跟對方行禮，看見他們都彎腰低頭了，才可以輕輕地敬禮。」還說以後會不會被欺侮，在這一瞬間便決定了。說完父親拿著報紙起身去上廁所，祖母趕緊推了一下母親，忍著笑說：「孩子的爹是在說他自己吧。」

「媽，他會聽見的。」

跟我們一樣，這一天父親也將到新單位赴任分公司經理。

母親帶著我到學校報到，穿過走廊往教室走去。學校拿出拖鞋給母親換上，小孩子則是穿著襪子直接在走廊上走，這一點最讓我受不了。

心想著早知道就自己帶地板鞋來了，一邊還側著眼偷看牆上貼著的圖畫、書法等作品，看到書法寫得漂亮不免心生敬畏地走進教室。站在講台旁邊接受老師的介紹後，聽見老師發號施令：「敬禮。」

直到低下了頭才想起早上父親的告誡，每一次都沒有來得及派上用場。

而家具等行李要比人慢個一、兩天才會到新家。

以前的時代沒有貨櫃車，衣櫃外面釘上木條，杯盤則是用小孩子寫過的作業紙包好，然後租一台貨車運送過來。熬夜幫祖母和母親整理行李時，發現我最喜歡的紅茶杯，上次搬家時打破了一個，這次調職又損失了一個，心情有些難過。看著母親將包過易碎物的廢紙一張又一張地撫平、收好，她或許是想再過兩、三年又將調職搬離這裡了吧。於是乎我也建立了一種觀念，覺得不管是土地、事物還是人，最好的交往程度就是離別時不會感到傷心即可。

我想，生於某地、長於某地，一生都在同一塊土地上生活的人應該會有不同的想法吧。

包含公司宿舍，我們搬過二十幾個家，所以回想起家中的格局時，常常把高松的家和仙台的家給搞混了，記得不是很清楚。至於對左鄰右舍的回憶，更因爲當時還是兒時，記憶也已隨著歲月逐漸模糊淡去了，不過還是有三、四個印象深刻的人物。

小學一年級時我們在中目黑的家可謂是文化住宅（當時對分租洋房的說法）的先鋒。正門兩邊各連著三間格局一樣的洋房，表面看起來很漂亮，其實蓋得有些簡陋。我們家在左側，左鄰住的是小學校長。

當初之所以決定住在那裡，就是因爲有教育家爲鄰。以前住在宇都宮時，附近的環境不好，生性貪玩的我整天不讀書，讓父母十分操心。雖然說對一個才念小學一年級的小女生實施孟母三遷有些可笑，但是想到一對年輕父母爲了第一個小孩所付出的關愛，我應該心存感激才對。不過這位校長卻是個標準的自由主義者。

「幹嘛要逼小孩子讀書呢?毫無意義嘛。」

既然是專家的意見，我和他們家子女反而更肆無忌憚地大玩特玩了起來，因此滿懷希望的母親當時應該很難過吧。

搬到這個家的第一個晚上，應酬回來的父親居然弄錯家門，跑去敲校長家的大門。

「喂!我回來了。看來花了二十五塊租的房子還算不錯嘛。」父親大聲嚷嚷，喬遷之初便搞得雞犬不寧。

右舍住的是牙醫生。

不記得他們是來自栃木還是群馬，男主人出身世家，個性溫文儒雅，擁有美麗的妻子和兩個男孩。牙醫太太經常濃妝豔抹，喜歡穿沒有衣領的寬鬆服飾。而母親和祖母則習慣穿把自己包得密不通風的傳統服飾，不禁擔心她冬天會不會著涼。有時下午會傳來三味線（註）的彈奏聲，據說她以前曾經當過藝妓。

註：三味線即三弦琴，為日本傳統弦樂器。

一天晚上，隔壁夫妻吵架了。

爲了要不要出門看戲的事，丈夫大罵：「既然那麼有空，爲什麼不先把家裡給收拾乾淨！」

挨打的太太還一臉蒼白地隔著籬笆跟母親訴苦：「頭痛得有點奇怪。」

隔天一早，我上學出門時看見隔壁牙醫打著赤腳站在門口，穿著睡衣茫然地注視著遠方，似乎沒有聽到我向他道早安。

因爲這時候他的太太已經躺在床上渾身冰冷了。放學回來時，只見家門口擠滿了警察、報社記者和附近的人們。我顧不得吃點心便跑到門口看熱鬧，卻覺得有些不太對勁。居然有人對著我指指點點說：「眞是可憐呀。」

還有人拿照相機對著我猛拍。看來是因爲房子的造型都一樣，他們誤認爲我是發生命案的那家人的小孩吧。我本來想跑回家算了，卻又難敵愛湊熱鬧的天性而留下來看。於是故意很高興地踢著毽子，擺出一副「我才不是他們家小孩」的樣子。

雖然已經過了四十年，我還清楚地記得那一天，身爲小孩子的我故作大人樣的用心——連我都覺得自己是個討人厭的小孩，以及一大清早神情茫然站在門口的男主人的模樣。那間蓋在半山坡，感覺蓋得不是很穩固的房子，我始終都沒有喜歡過，可是卻像個抹不掉的污點一樣長留在記憶之中。

高松的公司宿舍，並沒有鄰居。

父親任職的公司緊鄰著玉藻城的護城河，公司宿舍就蓋在後面。旁邊是海軍的人事部，前面是條新修建的大馬路，周圍是法院和一片空地，幾乎可說是沒有鄰居。

我的書房在二樓，從窗口可以看見海軍人事部的中庭，常常有七、八個年輕軍官在那裡練習刺槍術。說是練習倒像是在玩耍，有時發現我在偷看，還會有軍官開玩笑地跟我行舉手禮，我也會回禮。

其中長得最高的軍官十分瀟灑，每當他向我敬禮時，我會全身起雞皮疙瘩。當時我是女校一年級的學生。

那應該是櫻花盛開的季節吧。我跟平常一樣望向窗外，那個令我心動的高大軍官突然拋下木槍，整個人蹲了下去。

如今回想大概是打到了私處吧，他痛得像隻青蛙般地四處彈跳。在場的軍官們全朝著我看，我趕緊將窗戶關上。過後不久，由於美軍的偵測機經常飛到四國的上空，中庭的刺槍術也就自然停止了。

歷史悠久的護城河就在自家廚房和餐廳的窗口外，感覺十分奢侈。

但是冬天寒風強勁，夏天蚊子也多。有時還會突然從流理台的水管跑出吐著蛇信的大蛇，嚇得祖母丟下剛洗好的碗盤，尖叫著衝進餐廳求救。而我則最愛靠在餐廳的窗口眺望護城河。

春天，護城河上水氣氤氳，老鼠悠閒地在天花板上走動。夏天的傍晚，下起了瀨戶內海特有的驟雨，河水像是燒開了一樣，散發出悶熱的氣味。我輕搖著扇子，心中想著：水裡的魚兒應該也覺得熱吧。在這餐廳的窗口，我學會了原來水的顏色和味道也有四季之分。

住這兒唯一的問題是家中老鼠太多，大概是從排水溝進來的吧。父親公司裡的工友經常到家裡幫忙抓老鼠。

有一次放學回家後，我一邊吃著餅乾一邊眺望護城河時，看見工友拿著捕鼠器走出去。裡面抓到一隻小老鼠，嘴裡咬著餅乾的碎片。

「跟我一樣的餅乾！」心中這麼想時，工友已經將綁著繩子的捕鼠器丟進護城河裡。過了一會兒拿起來一看，斷了氣的老鼠嘴裡吐出了兩、三塊像甜甜圈一樣的餅乾碎片，漂浮在水面上，這就是老鼠的臨終。我趕緊將正在吃的餅乾丟進護城河裡，那一段期間我便不敢再碰餅乾了。

年近三十起，我才開始陸陸續續從事廣播劇和電視劇腳本的創作。離家自己一個人住則是在三十歲過後。

因爲一點小事，我跟父親起了爭執，演變成「妳給我滾出去」、「出去就出去」的場面。

老實說，我早就在等待這一刻了。所以若是以前我會當場道歉，但是那天晚上我堅持不退讓。第二天我花了一天的時間找房子，只想帶著一隻貓搬離家裡。正好那天是東京奧運會的首日，我站在明治路旁的小巷眺望著開幕式。

巷子很窄，但眼前看見視野良好的會場，簡直令人不敢置信。我心情激昂地看著手持聖火的選手爬上迤長的階梯。

聽說父親兩、三天都不說話，只問了母親一句：「邦子眞的搬出去了嗎？」

有生以來第一次的獨居生活，是從霞町開始的。那裡號稱高級公寓，但名不副實，只是地點位在安靜的住宅區中倒是不錯。

左鄰的大房子門上掛著「T」的名牌，好像只住著一個女人家。女主人喜歡狗，養了一隻白底黑點，別名小丑的大丹狗，是母的。那隻狗身軀龐大卻愛黏人，只要呼喚牠的名字「莉莉」，到哪都會跟著走。有一次她跟著我坐進了計程車，嚇得司機一臉鐵青地衝出車外大叫「快想想辦法吧！」。畢竟被像牛一般大的狗坐在後面不停地舔著耳朵，大多數人是會嚇到的。

莉莉後來生了小狗。

那位大家都稱呼她爲「太太」的女主人帶我到中庭看剛生出來的小狗。莉莉是冠軍犬的後代，早有專家來估過價了，聽說最貴的是二十五萬，最便宜的也要七萬。

說來也很巧，我隨手抱上來的就是七萬圓的小狗。現下牠身上的白底黑點比例剛好，但長大後黑色部分會增加，所以價格才便宜。

喊牠一聲「七萬」，小狗便會飛奔過來。

我曾經想要買下牠，可是顧及房間太小以及龐大的飼料費用，終究還是作罷。

之後一名政治家因爲雙邊得利的貪瀆事件而鬧得沸沸揚揚，事情爆發後，其他恐嚇、逃稅，甚至有幾個情婦等醜聞也相繼被周刊雜誌給披露了出來。

我很感慨地讀著這則新聞。因爲大約在二十年前，我曾經在這名政治家T的辦公室當過一天的祕書。

當時我剛畢業，又沒什麼家世背景，所以還沒有找到工作。有一天到擔任國會議員T的祕書的同學那裡玩。他的辦公室就在歌舞伎座後面，不是很大。T看見我就問要不要到他辦公室幫忙，當祕書。

「妳喜歡賭博嗎？」他問。我立刻回答不喜歡。

「很好，我喜歡妳。」就這樣決定用我了。

他聽說我寄居在母親娘家，就提議不妨住辦公室樓上的房間。我在那兒幫忙做些整理剪報和幫申訴民眾訂便當等雜事，不知不覺也忙到了傍晚。那一夜他邀請了保守派的大老到赤坂的高級餐廳晚宴。

「妳也一起過來學習學習。」他二話不說便把我帶上了車。

T將車子暫停在數寄屋，要祕書去買晚報，一臉得意地讀著關於自己的新聞，可是文章裡有些漢字他不會念。

那天晚宴，有大政治家裸身跳舞、冰雕和龍蝦生魚片。敬陪末座的我果然增長了許多見識。當我想先一步告辭時，T在走廊上叫住了我，說著「去買雙新鞋」後，便塞了個信封袋給我，裡面有五千圓。我將錢退回給祕書，穿上鞋子後，他又追上來問我家裡有幾個人，然後在我腿上放了足夠分量的壽司禮盒，說是讓我帶回家的禮物。

那一夜我寫信給在仙台的父親，表示我很有興趣，想在那裡上班，只要自己作風端正應該沒有問題。結果父親趕不及回信便親自上東京來找我。

父親說什麼也不同意，硬是押著我回仙台，這件事便沒有了下文。

朋友們笑我說：「眞是可惜，繼續做下去的話，說不定妳就是他的第五或第六任夫人了。」

有一天在美容院翻閱女性雜誌時，看到一篇報導令我大吃一驚。

雜誌上刊登了幾張他情婦住的地方的照片，其中有一張就是我住的公寓旁邊的七萬牠家。

生性粗心的我，居然五年來毫不知情地跟T家的狗玩耍，跟他「太太」閒話家常。當這件新聞塵埃落定時，T從小菅監獄出來了。

我曾經在路上遇見過T，他輕裝便服地在隨行的年輕男子攙扶下散步，臉上像是貼著黃綠色的牛皮紙一樣面無表情。

儘管我站在路邊直盯著他看，但他應該不可能想起二十幾年前有一面之緣的我吧。他像個故障的模特兒人偶，動作僵硬地漸行漸遠。不久後我搬到青山的公寓時，在報上看到了T的訃聞。

我現在的鄰居是美國人家庭。住在公寓的悲哀之處就是鄰居們只是點頭之交，彼此沒什麼瓜葛卻也沒什麼情誼。

但我卻暗自享受著一個小小的樂趣。

每到傍晚，就能聞到從門縫中飄來鄰居家的香味。那是我過去不曾聞過的奶油濃湯或燉肉的味道，裡面加了香料。

我閉著眼睛享受美國家庭的美食氣味。

兔與龜

只有過那麼一次，我在國外迎接新年。

五年前，我在祕魯的首都利馬度過新春假期的前三天，這個都市的除夕可眞是壯觀。中午一過，所有的辦公室會將一年來不用的文件紙張丟出窗外。於是站在繁華的街頭，就能看見從高樓大廈所有的窗戶緩緩而落的白色紙張如雪片般飛來，蔚爲奇觀。聽說以前連不用的桌椅都能從天而降，但因爲擊傷了路人才遭禁止，現在只有文件紙張可以丟出。

祕魯的位置正好跟日本相反，說是除夕，天氣卻熱得像日本的五月天。穿著五顏六色短袖上衣的男男女女，高高興興地爭相探出窗口拋擲撕成碎片的紙張。空中的紙片似乎也很高興地飄落著，置身於紙片雪花中的路人也心情雀躍，連拴在印第安土產店門口被當作寵物養的駝馬也興奮了起來，晃動著脖子上的鈴鐺來回走動，模樣煞是可愛。

路上堆滿了紙片，政府的清潔車開始出動打掃，看來這就算是這個國家的年終大掃除吧！

也許是因爲令人發汗的氣溫所致，這裡不像日本的除夕給人歲末年終的壓迫感，也沒有苦於度不過年關而舉家自殺的氣氛。

接近午夜十二點的時候，大廣場的擴音器播放出〈老鷹之歌〉的旋律。我們住在廣場前的舊式旅館玻利瓦飯店，正準備參加除舊迎新的派對，可是同我住一房的澤地久枝女士卻停下了手邊的動作，打開窗戶，陶醉在這哀傷的旋律中。那等於是我們那一年的除夕夜鐘聲。一時之間在異國迎接新年的感傷湧上心頭，我們一邊收聽地球另一端正在進行的「紅白歌唱大賽」，腦海中浮現的是圍坐在餐桌前享用年菜的家人。

走出戶外，夜晚溫熱的空氣中，朦朧地矗立著西班牙風格的白色石砌建築。三三五五穿著燕尾服、晚禮服前往赴宴的人們，走過又消失在眼前。或許是街燈太少的緣故，顯得特別狹長的陰影在來回車燈的照射下，以怪異扭曲的形狀映現在石頭牆壁上。

當然這裡沒有裝飾在門口的松枝或稻草結繩。凹凸不平的石板路上，散落著白天滿天飛舞的紙片，看得出來這個國家行事風格的草率。

我們是在第二代日僑路易斯．松藤的府上吃年糕湯的。

黑色漆器的湯碗裝著高湯，裡面浮著切成長方塊的年糕、海帶結、香菇、青菜和烤過的海苔。不知道是因為水質還是醬油的不同，這裡的年糕湯喝起來有些微妙的腥味，我沒有再添第二碗。彷彿對故國新年的相思情愁全濃縮在這一碗熱湯裡，心情有些黯然。

在日本，年糕湯之後吃的甜點肯定是橘子，在祕魯則是仙人掌的果實。

不知道那是什麼種類的仙人掌，大小如拳頭的鮮綠色果實必須用小刀切開，取出裡面青蛙蛋般的果凍狀果肉食用。

據說這東西價格不菲且具滋養療效，但老實說有股生腥的青草味。

「很好吃吧？」主人熱情的推薦下，我面對整盤的果實努力地擠出笑容，拚命吞嚥下肚。

「新年快樂。」第二代、第三代的日僑相繼前來拜年，他們的發音夾雜著廣島腔、和歌山腔和西班牙語特有的捲舌音，充滿了異國風情。

路易斯・松藤的小弟，年約二十二、三歲，聽說還沒到過日本。他以不太流利的日語陪我們聊天。當他聽說我和澤地女士之後要到亞馬遜河上游的小鎮伊基多斯觀光，便開始為我們惡補亞馬遜河的常識。

他極力推薦到了亞馬遜河一定要去看兔子。我問兔子有什麼特別，日本也有呀，他卻重複強調：「是河裡的兔子。」

同時打開雙手說：「有這麼大隻。」

看起來將近一公尺吧，而且這種兔子還會游泳。

我問他是白兔嗎？他說是黑兔。

我聽說過因幡（註）的白兔，卻頭一次耳聞亞馬遜河的黑兔，而且身長一公尺，會游水……

註：因幡，古地名，在今日的鳥取縣。

我不禁心跳加快。

「這種兔子游水時，一雙長耳朵該怎麼辦？爲了不讓水淹到，是不是像潛水艇的探照鏡一樣豎立在水面上呢？」我不禁擔心地詢問。

「牠沒有耳朵呀。」

什麼！沒有耳朵的兔子？我的心臟跳得更厲害了。看來這兔子的種類越來越稀奇了。

「眼睛總還是紅色的吧？」我又進一步追問。

這時他才驚叫一聲說：「對不起，我把兔子和烏龜搞混了。」

原來是小時候第一代移民的祖母睡覺前告訴過他「龜兔賽跑」的故事。他雖然記得兔子和烏龜的單字，但悲哀的是對日語不具眞切的語感，所以搞混了。

看見我們捧腹大笑，他也跟著笑了，嘴裡還喃喃自語著：「都怪我還沒去過日本。」眼神中帶著微妙的陰影。

他們應該也聽過〈桃太郎〉、〈壞狸貓〉、〈浦島太郎〉等童話故事吧？但是面對著河面寬達好幾千公尺、舉頭不見對岸、顏色濁黃的亞馬遜河，實在無法聯想到一個桃子飄過來的情景吧。

〈桃太郎〉、〈斷舌麻雀〉等故事中的老爺爺、老婆婆，因爲是穿著和服、背著柴火或竹簍，所以才像是傳統童話故事。如果穿上西褲，嘴裡用西班牙話問「斷舌麻雀，請問你家在哪裡？」，肯定味道就不對了。

「讓枯樹開滿了花。」

撒出煙灰，然後像飄雪一樣地漫天飛舞。想像中的這種景象也會因國別而有異吧。他們腦海中浮現的畫面應該是像除夕日撒落的紙片一樣，大張的紙片把天空都給遮白了。

我深深感覺到，每個國家的童話故事必須用該國的語言，在該國的風土中傳唱才有意義。

同時我也開始思索有些人無法擁有跟體內血液相同的語言、有些人生缺少傳統的童話故事……

亞馬遜河裡眞的有「兔子」。

我們在伊基多斯的露天市場上，看見許多烏龜的甲殼被翻轉過來陳列在攤位上。有些比較大的攤位上賣著切開來的肉塊，香蕉葉包裝的烏龜肉，一百圓日幣就能買上一大碟。

從伊基多斯飛到利馬大約需要三小時的航程。兩家航空公司每天各自有一趟班機飛行。在我抵達利馬之前，聽說南沙航空公司的班機在聖誕夜墜毀了，機種是日本人也很熟悉的洛克西德噴射客機。

只知道墜機地點是在安地斯山脈一帶，其他線索全無。祕魯的報紙上大篇幅報導機上的九十二名乘客沒有生還的可能。

如果是在日本的話，已經開始全國性的搜索活動，電視媒體也對著罹難家屬伸出麥克風詢問感想。但是在祕魯好像不是這樣，首先搜索機只是義務性質地出來飛一下便結束了。頂多有些好事的美國人以降落傘潛入叢林中，結果反而造成新的罹難事件而成爲新聞焦點。

不知道該說他們是看得開還是太冷酷了，以日本人的情感是不太能接受這種態度的。聽了我的想法之後，路易斯．松藤表示：「那是因爲妳還不認識亞馬遜河。」而且他反問我：「如果一根髮夾掉在高爾夫球場上，妳會想找出來嗎？」亞馬遜河流域中的叢林將飛機給吞沒了，就算去搜索也是無濟於事。

澤地女士和我彼此對看了一眼，心想是否該中止亞馬遜河之行。

也許是我們兩人心中都有所遲疑吧。但是已經來到了祕魯卻不見亞馬遜河而歸，令人多麼遺憾！何況同樣的地點應該不會重複墜機兩次吧，我們基於或然率和眼見慘劇發生卻硬要逞悲壯之勇的奇怪理由，無視於他人的勸阻毅然決定成行。

唯一的一架飛機墜毀，南沙航空公司停止營業。沒辦法，我們只好跟另一家佛賽航空公司交涉，好不容易買到兩張機票。

飛機是有點年份的YS11機種。

延遲將近兩小時後，飛機終於起飛。我安心地轉過頭去，看見坐在旁邊的澤地女士正忙著翻她的皮包。

她是研究昭和史的專家，寫過《妻子們的二二六事件》、《密約》、《暗曆》等大作，個性跟我剛好相反，做事謹慎小心。

飛機一離開地面，我便開始無聊地看著地面的風景。她卻拿出筆記簿，開始記錄兵險、機場稅、住宿飯店的費用、小費等花費，甚至還換算成日幣的金額。就連飯店名稱、菜單、見過的人、遊覽過的觀光名勝也都鉅細靡遺地寫下來。

接著她像變魔術一樣地拿出不知道哪裡買的明信片，攤開事先準備好的地址簿，開始一一寫信給日本的親友。我偷偷瞄了她一眼，沒想到她居然還代替懶得提筆的我，寫信給我的母親。

這時她的樣子有些不太對勁。

她從皮包中取出一枚鑽戒戴上，然後小心翼翼地在我的腰際展示，一雙三角形的眼睛瞇得更細，煞有介事地輕聲說：「有了這個總能派上用場吧。」

她的意思是說：萬一墜機在叢林裡，將鑽戒獻給原住民就能免於一死。

又不是冒險阿吉的漫畫故事，被頭戴羽毛的食人族抓去，正要被下鍋煮來吃時，奉上鑽戒便能逃過一劫。畢竟整架飛機失事，最後卻只有我們兩個女人獲救，這種想法本身就太不切實際了。

因爲太好笑了，隨著YS11的機身晃動，我笑得更加厲害，她也跟著張口大笑。

結果飛機安全地抵達伊基多斯的機場。不知道是機場的設備太差還是機長的技術不佳，著陸時機身搖晃不定，帶給我們很不人道的驚嚇，但還是停落在地面上。

澤地女士慢慢地摘下戒指說：「還好沒有派上用場。」說完喘了一口氣，將戒指小心翼翼地收在銀色的布袋裡。在回程的飛機上，她也是戴上戒指當作護身符，或許眞的有保佑，這趟旅行來回的飛行都平安無事。

直到今天，一有正式的聚會，澤地女士還是會戴上這只鑽戒。

「眞令人懷念，這不是那個亞馬遜鑽戒嗎？」我不禁取笑她。

順帶一提的是，當時墜落的飛機裡的九十二名乘客之中，只有一名十七歲的少女生還。她是一個人逃出叢林，在距離失事現場約兩百公里的地方獲救的。我們回到利馬時，這位身上流著印第安和德國血統，名叫尤里雅娜・凱普，有著一張野性美臉龐的少女頓時成了祕魯全國的大明星。

在機上，我俯視著亞馬遜河流域的叢林，一邊側眼偷瞄澤地女士閃閃發光的鑽戒，心中十分納悶：在這種恐怖到從日文辭典都找不到字彙來形容的地方，一個女人究竟是如何活著走出來的呢？

提到新年的回憶，我所想到的是長袖飄飄的和服、新買的布貼畫毽子拍、壓歲錢。還有鹿兒島摻了豬肉下去煮的年糕湯、仙台摻了生鮭魚卵的年糕湯。

但就像是百人一首的紙牌中夾雜了一張色彩斑爛的撲克牌一樣，有那麼一年是在海外的新年景象。

從窗口飄落下來如雪般飛舞的紙片、味道令人傷感的年糕湯、充滿西班牙腔的「新年快樂」、青草味極濃的仙人掌果實、將烏龜和兔子搞混了的第二代日僑青年，還有澤地女士那顆閃閃發亮的亞馬遜鑽戒，這些都是記憶中難以忘懷的畫面。

點心時間

「妳是吃波波球和威威餅長大的。」

祖母和母親常常這麼對我說。的確，我最古老的零食記憶就是波波球。

那是住在宇都宮的時候，我們家位於軍用道路旁。大約五歲的我穿著紫紅色的絲織和服，盤著腿坐在自己的小桌子前。桌上擺著一個黑色的木製點心盤，裡面有成堆的黃色小球。我一口接著一口吃著波波球，一邊從二樓的小窗戶眺望對面女校的校園，校園裡有一群穿著白色運動服的女學生在嬉戲。

由於我是家中的第一個小孩，個性又很膽小，在上小學前都是吃波波球和威威餅的零食。慢著，我們家一向不求甚解，自創一格，波波球和威威餅的說法眞的沒錯嗎？我翻開《明解國語辭典》查證，果不其然。

波羅球（bolo），將雞蛋拌入麵粉，稍微烘烤而成的球狀點心。

威化餅（wafer），西式的甜煎餅，烘烤時間較短。

四十幾年來，我以爲是波波球的點心原來是葡萄牙語的波羅球。我也終於知道威化餅的原文什麼了。文章一開始就說這些，讓人有點摸不著頭緒。但以下我還是將童年時吃過的點心憑著記憶列舉如下。
餅乾、動物餅乾、字母餅乾、奶油夾心餅乾、蜂蜜蛋糕、鈴鐺蛋糕、牛奶糖、奶油糖、新高牛奶糖、固力果牛奶糖、水果糖、茶糖、梅子糖、黃豆飴、柴魚飴、黑糖飴、麥芽糖、變色糖（又叫「中國石頭糖」）、果凍條、金平糖、鹹煎餅、甜煎餅、爆米花、蘋果麵包、樹葉麵包、芋頭麵包、冰糖、甜糕、豆沙包、味噌麵包、雞蛋麵包、巧克力棒、巧克力片、粗麻花……

一時之間也說不完，就到此為止吧。昭和十（一九三五）年前後，小康家庭的孩子吃的零食大概就這些吧。

當時我父親的職位是保險公司的副理，月薪九十五塊錢，而一個紅豆麵包兩分錢。以前的小孩不同於今日，身上是不能拿錢的，而且嚴禁亂買東西吃。放學一回家先洗手，然後坐在時鐘前等三點的鐘聲響。櫃子裡面放著兩個點心盤，紅色是我的，綠色是弟弟的，裡面大概有兩到三種的零食。因為老是覺得時鐘的針走得太慢，有一次我還拿樓梯要弟弟爬上去把時間撥快。可是弟弟緊張得全身發抖，一不小心摔了下來，腦袋摔昏了好一陣子。

我的父親做事很傳統，這麼形容似乎很好聽，其實就是凡事都有一套規定，例如報紙就要看朝日的、香菸一定抽敷島牌、牛奶糖固定買森永。

可是我喜歡森永牛奶糖商標上面的天使圖案，卻又喜歡明治奶油糖的香味和古利格牛奶糖的贈品。偏偏父親似乎對固力果牛奶糖懷有敵意，總是很不高興地表示：「買糖果就糖果，買玩具就玩具，又想吃糖又想要玩具，簡直太不像話了。」

也許做事一板一眼的父親看不慣固力果牛奶糖可以隨意捏成各種形狀的設計吧。

當時最豪華的點心就是泡芙和進口的巧克力綜合禮盒。

尤其是家裡收到裝有大大小小、不同動物造型的巧克力禮盒時，我們小孩子都會緊張得不知如何是好。通常都是身爲長子的弟弟先選，身爲長女的我排第二。有時貪心挑選了最大顆的大象，結果裡面竟是空心的，反而是小顆的狗或兔子才是從頭到尾的實心巧克力。這時不管弟弟如何哭鬧，父親也不會答應讓他交換。

儘管在經濟不甚寬裕的生活中，母親總有她的本事幫我們四姊弟準備好點心，但我卻很期待自己能夠拿一分錢到糖果鋪買零食吃。

我好想吃肉桂汁、橘子水、什錦煎餅等零食。有一次記不得我是怎麼拿到錢的，居然背著父母玩戳洞遊戲中了大獎，得到一顆紅色的金華糖和大隻的鯛魚紅豆餅。因爲知道拿回家去會捱罵並被沒收，就放在學校的抽屜裡。不料等到上完體育課回教室一看，上面卻爬滿了一層黑螞蟻。

香蕉、冰水吃了會拉肚子，所以不准買。爸媽難得帶我們到銀座，每次買給我們吃的不是布丁就是冰淇淋。棉花糖和冰棒是想都別想的禁忌，理由是「這些零食用的木棒不知道是誰吃過的筷子，誰曉得有沒有洗過呢，實在是太不衛生了」。直到十五年後，我寄居在親戚家，才頭一次有機會在廟會上買棉花糖。買到之後還不敢當場拿起來吃，於是請攤販用報紙包起來，準備跑回房間後享用。誰知道半路上遇見朋友，兩人站在大熱天下寒暄，好不容易打發完對方快步衝回家，打開一看，報紙已經被融化的棉花糖給黏得濕答答的，中間只剩下一根染紅的木筷子。

不知道是以前的小孩比較不聽話還是父母管教太嚴厲，拿棍子打、關在衣櫥裡等體罰都算是家常便飯。被處罰的小孩子也不會記恨，不管是挨打還是被趕出門外，當時哭得比誰都大聲，但事後轉身便忘得一乾二淨。我雖然沒有挨打的經驗，倒是被罰過不准吃點心。那時候弟弟心想「姊姊好可憐」，還在門口用鐵鎚將自己的糖果敲碎分一半給我。現在我們姊弟要是吵架，母親總是會提起這件陳年舊事，讓我頓時陷入心虛與難堪。

說到弟弟，我便想起剛上小學時，父親幫我和小我兩歲的弟弟設計了一張書桌，請附近的家具師傅製作。那名師傅手藝不錯，但是因爲家中小孩太多，食指浩繁，空蕩蕩的家裡居然連個家具也買不起，搞得兩夫妻成天吵個不停。父親看不過去便給他這筆生意做。

那是一張造型奇特的書桌，體積大得嚇人，我和弟弟可以各據一方斜對面而坐。除了抽屜之外，腳邊還釘有放書包和鞋袋的架子。絨布椅面、櫻桃木材質的椅子，塗上亮黑的油漆，做工很精細，弟弟的那張還做得稍微高一點，想來以當時的價格來說應該不便宜才對。

我想，那是一件從小輾轉寄居不同人家長大的父親將他童年的夢想寄託給長子、長女的作品吧。遺憾的是身爲獨生子的父親並不了解「兄弟姊妹」是怎麼一回事。

我們只有在父親面前會規規矩矩的，平常不是爲了誰的作業簿超過界線就是爲了誰的橡皮擦屑亂飛而大動干戈，最後總是落得另一個人得到餐桌上寫功課。

「都怪孩子的爹設計了這麼無聊的東西。」祖母和母親在背後取笑父親。

再加上身爲外行人的悲哀——忘了將小孩子的成長列入考量，書桌沒多久便不能用了。因爲椅子和抽屜之間的空間太小，會卡住腳，坐起來很不舒服。

儘管高級卻派不上用場的大書桌，在跟著我們搬完第十一次家後才終於被處理掉。

以前每次看到電視上亮光牌書桌的廣告時，我就會想起這張父愛結晶的「姊弟大書桌」，然後獨自笑個不停。

不記得那是什麼時候了，應該是樹葉新綠的季節吧。我一個人坐在那張書桌前，一邊吃蒸芋頭一邊翻閱母親訂的雜誌《主婦之友》，汗濕的手臂靠在寬大的書桌上感覺很舒服。看著雜誌上照宮殿下少女時代的照片，心中頭一次感覺到這張書桌還眞不錯。仔細回想，那可是我人生中的第一張桌子。

蒸芋頭可說是當時經常吃的點心之一。蒸芋艿和馬鈴薯的味道也不錯，但最好吃的莫過於蒸地瓜。我還能很清楚地記得從鍋蓋凹凸不平的蒸鍋裡一邊吹開熱氣一邊拿燙手地瓜的情景。

我也很喜歡吃「花魁薯」。

花魁薯的薄皮是淡紅色，肉身則是白中帶紫，細長的形狀一如其名「花魁」，有種溫柔婉約的氣質。

相反地，「金時薯」則比較大顆，果肉金黃，形狀胖大。不知道是誰命名的，活到這個年紀，我才發覺這兩種薯名字取得眞貼切。相對的，戰爭開打時問世的「農林一號」，不僅名字無聊，果肉也水水的不好吃。

說起來也是從這個時期起，我們的點心開始變少了。

零食僅限於乾麵包和炒豆子的戰亂時期結束後，有一陣子父親迷上了燒糖球。那時他擔任仙台店的經理，吃過晚飯之後，我們四姊弟圍著火盆坐在一起，父親便開始燒糖球。這時如果四姊弟沒有全部到齊，父親便會生氣，所以母親得小聲央求我們：「我知道你們要念書，可是拜託你們出去一下嘛。」

於是我們四姊弟才心不甘情不願地出去坐好。父親在他買來燒糖球專用的紅銅製勺子裡，小心翼翼地放進一人份的紅砂糖後開火燒烤。

「這個是邦子的。」聽他說話的語氣很認眞，我也只好盡可能滿心歡喜地回答：

「是。」

砂糖一燒開後，父親便在攪拌棒前端沾點蘇打粉，將勺子從火上移到濕布上，然後開始拚命攪拌。這時砂糖便逐漸膨脹，直到稍微裂出一個開口時，一份烤糖球便完成了。不過這是指做得好的情況，有時糖球膨脹得太快，眼看它突然洩了氣又縮回去。這時我們四姊弟就得裝作若無其事的樣子，好像什麼都沒看見。

如果太過緊張而稍微大聲喘了口氣，偏偏燒糖球又在這時洩氣塌了下來，就會遭父親責怪：「不要在緊要關頭大聲喘氣！」

這時我們家最愛笑的母親一定會找個藉口躲進廚房。看見母親假裝洗東西的背影微微顫動，我就知道她又在偷笑了。

我小時候性子很急，始終沒有辦法將嘴裡的糖果含到完全融化，一下子就會被我咬碎吃掉。還記得如果含的是變色球，我會因爲很想知道究竟變成什麼顏色而邊照鏡子邊含著糖果。

不只是糖果，緊張不安的時候我會咬指甲、鉛筆頭、三角尺、分度器……連塑膠墊板也都被我啃得千瘡百孔。聽別人說話，對方還沒說完我便忍不住插嘴了，讀推理小說時也缺乏耐性，常常看到一半便想知道自己的推理是否正確，趕緊翻到最後一頁尋找結局。

不過在半年前，我經歷了一段住院生活。不知道是因爲生病讓自己變得有耐性，還是因爲已屆不惑之齡，有一天我突然發現自己可以將糖果含到最後了。總之這種既高興又寂寞的心情，眞是複雜難陳。

小孩子是吃各種點心零食長大成人的。

「說說看都吃了些什麼？我可以由此判斷你是什麼樣的人。」

這句話應該是布里耶・薩瓦（註）說的吧。我也覺得小時候吃過什麼零食跟這個人的精神狀態應該不無關係吧。

貓在高興的時候會向前伸出前肢，據說是因爲小時候這麼做就能擠壓出母奶來。喝到母奶很高興，久而久之便形成這個本能動作。我們小時候爲了什麼而喜、因什麼而悲？我想小孩子的喜怒哀樂受到零食點心的影響應該很大吧。

回憶中的點心，不論是形狀、顏色、大小還是香味都印象鮮明。附著在字母餅乾上的粉紅色或淡紫色的粗砂糖粒、殘留在袋子裡各種水果糖的碎屑，將它們集中手裡捏成一團舔食的感覺，不經意地又從記憶底層給翻了出來，腦海中同時浮現出跟我一起坐在陽台上搖晃著雙腳吃零食的小朋友。我早已記不得朋友的名字，那天在陽台上曬太陽所看見的風景也模糊不清了……

然而，在這樣的光景中依稀可以聽見村岡阿姨和關屋叔叔的聲音。以前每到傍晚六點就會有兒童新聞，由村岡花子和關屋五十二輪流播報。一聽到他們的聲音就知道該吃晚飯了。之後是「時事話題」時間，男主播用流利的英語主講，我覺得這種語言聽起來就像是悅耳的音樂。遺憾的是我沒有作曲的天分，不然就能仿效海頓的《玩具交響曲》，創作一曲我的「點心交響曲」，不知有多快樂？我對「豆芽菜」實在是一竅不通呀。

註：布里耶・薩瓦（Brillat Savarin, 1755～1826）法國名廚暨美食家。

我的拾遺集

第一次撿到東西是在我七歲的時候。

住在宇都宮時，我們一家人在賞完櫻花的回程到餐廳吃飯，母親和祖母陪父親小酌兩杯，我和弟弟覺得百無聊賴，便跑到櫃檯旁邊的樓梯下玩耍。

餐廳的天花板很高，空間十分寬敞，刷洗得晶亮的廚房地板上堆積著黑色漆器的高腳餐盤。

所謂的樓梯，不過只是連接幾塊木板的構造，由下往上看，透過木板與木板之間的縫隙可以看見走下樓梯的女服務生的白色襪套和小腿肚。就在我抬頭看時，頭上掉下來一個錢包。大概是喝醉酒的客人在女服務生的攙扶下準備下樓結帳時掉落的。那是一個男用的大型錢包。小我兩歲的弟弟撿起來後，目瞪口呆地看著我。

文章開始便提起如此幸運的經驗，但是我的偏財運就到此爲止，以後不是專門掉東西就是撿到一些有的沒的奇怪失物。

提起我掉過的東西，首先是現金，還有兩個皮包、懷表，其他就是雨傘和手套之類的。至於我撿到的失物，包含貓狗，頂多就是月票、嬰兒的毛線襪等零碎小東西，雖然沒有計算過，數量倒也不少。

女校讀的是四國高松縣立第一高女，就讀不久後便在運動會上撿到一條頭帶，上面寫著五年級學姊的姓名。

按照學校規定，應該將失物送到辦公室才對，可是當時盛行軍國主義思想，想到學姊弄丟了象徵日本女孩的頭帶，肯定會遭到處分，於是決定在兩、三位同學的陪伴下親自送還給本人。

失主是個膚色白皙、身材高大的女生，我看過她早會時在前面發號施令。她梳著一條粗大的長辮子，就像神社掛著鈴鐺的繩子一樣粗。不論是胸口還是下圍都很豐滿，在我們瘦弱的新生眼中已然是個耀眼的成熟女性。

過了不久，有一天上完體育課，我正在洗腳台洗腳時，突然有人從背後拍我的肩膀，原來是日前的那位學姊。她向我道謝並問導師是誰之類的小事，忽然俯下身靠近我說：「幫我拔掉。」

因爲她很小聲地說，一時之間我以爲聽錯了。她又說了一遍，並將自己的下巴靠得更近。

在她的嘴邊很突兀地長了一根約兩公分長的黑色汗毛。

當時父親將他的家庭農園中的一小塊地分給我，我種了花生和茄子等蔬菜。曾經拔過野草，也幫祖母挑掉白頭髮的我，卻從來沒有想過在女校的校園裡幫學姊拔鬍鬚。雖然很想逃跑，但學姊的手抓住了我，跑不開。也許我就像是鬼上身一樣，無法動彈。眼睛閉上的學姊額頭冒著汗珠，身上有點狐臭。我屏住呼吸，用力扯了兩、三次，好不容易才扯了下來。

「下次又長我再讓妳拔！」學姊說完像鴿子般咯咯一笑後便轉身離去了。洗腳台旁的鞦韆，不知道是誰碰撞過，明明沒有人在盪卻搖擺不停。我後悔著當初爲什麼要拾起那條頭帶，一邊很仔細地將手腳洗乾淨。

那一陣子我成天都在煩惱，不知道下次該用什麼理由拒絕她，那根鬍鬚長出來還要多久的時間？不久父親調職的消息確定了，我也跟著要轉學到東京的女校。

我到辦公室領取這一學期的成績單和插班考試需要的文件，在導師的送行下一起走到校門口。經過學校前面的烤番薯店時，卻突然停下腳步，因爲想到沒有跟學姊說一聲便離去有些不太好。

爲了避免遇到剛剛濕著眼眶跟我揮手道別的導師的尷尬，我故意繞道從後門進學校，來到學姊教室的門口張望。當時正値期末大掃除，她踏在椅子上擦洗黑板。粗大的長辮子在穿著燈籠短褲和運動服的背影上搖來晃去。我沒有叫她便離開了。一邊摸著扶手一邊慢慢地下樓，心中充滿了只讀一學期便離開的悲傷。

在日本橋的出版社服務不久，該出版社又開始招收新的女性編輯。因爲該出版社出的是烹飪和電影類的雜誌，許多人大概以為可以看免費電影吧，應徵的信件如雪片飛來。我被叫去幫忙徵人考試的善後處理，在現場撿到一隻黑色皮手套。令人驚訝的是，那隻手套跟我四、五天前在電車上遺落的手套一模一樣。

沒有比掉了一隻手套更令人生氣的事了。因為價格不菲，捨不得把另一隻給扔掉，而給小心收藏了起來。我很慶幸自己沒有太過性急。

我將手套送到事務課並跟課長說明原委，請他答應萬一失主沒有來認領，就把手套送給我。之後我每天都到事務課確認手套是否安在，有時還幫出版社裡最高齡的事務課長按摩肩膀或買點心請他吃。辛苦總算有了代價，那隻手套送給了我。我興高采烈地帶回家中一試，卻很失望。原來我剩下的是左手手套，而我撿到的那隻手套也是左手的。

前面提到說我掉過兩個皮包，其實應該還有一個。只不過不是遺失的，而是失手掉進了馬桶裡。

澀谷車站旁邊有家名叫「豚平」的小酒館。老實說店裡不是很乾淨，但因為它獨特的氣氛，而成為作家和電影從業人員聚集的場所。我是在電影評論大師的學長帶領下，來到這裡濫竽充數，小酌幾杯。也就是在這裡的廁所掉落褐色的皮包。

那已經是二十年前的往事了，所以當然不是沖水式的馬桶。

當時覺得很丟臉，本來想掉了就算了，可是裡面裝有剛領到的薪水、月票、必須給其他作者的稿費等，不得已只好回到座位小聲地說明情況。這時店裡面所有的客人都站了起來，你一句我一句地表示同情並提議一起幫忙撿。每個人都輪流跑進廁所看，然後出來討論如何將皮包的背帶勾起來。我站在馬桶邊覺得既丟臉又很對不起大家，醉意早就煙消雲散了。

小酒館的廁所和店面只隔著一扇木門。由於大家進進出出，開門關門的，店裡面瀰漫著一股廁所特有的氣味。遠處座位上有人看見我縮著身子侷促在一隅，便安慰我說：「這家店本來就有些尿騷味，妳不必在意。」

不久皮包被吊出來了。

「吊起來了！吊起來了！」有人歡呼，有人拍手，有人高喊乾杯。不認識的人將一杯酒送到我面前。店裡的服務生用竹竿吊起我的皮包，拿到當時還沒有塡起來的河邊，不斷用水桶舀河水清洗。

於是大家又能安心地繼續喝酒了，我卻覺得坐立難安。因爲旁邊包著塑膠袋的皮包還是隱隱地發出臭味。由於在坐的都是紳士，沒有人開口抱怨，但是很明顯地大家的話題越來越少，我只好先一步向大家告辭。

我向同行的人借了車錢，搭上計程車而去。雖然時值初春時節，夜晚卻有些寒冷，可是我還是打開了車窗，將包著皮包的塑膠袋伸出車窗外。車子經過明治大學前時，年輕的司機先生語帶鄉音地感慨說：「東京果然人很多呀。」

他吸了一下鼻子，點燃一根香菸後說：「連掏糞也等不及到半夜再做！」

那一晚，我將皮包掛在窗外的楓樹枝頭上才去睡覺。隔天早上直到嘮叨的父親上班後，我才在院子裡攤開皮包裡的東西。口紅、粉餅、手帕全毀了不能再用。我是個都市裡長大的小孩，沒有下過田或施肥過，不知道水肥的威力這麼強。我一邊後退，一邊感嘆著「難怪農作物會長得好」。其他東西都得放棄，只有錢不行。我用塑膠袋將弄髒的鈔票包好，拿到位於室町的日本銀行交換。這是豚平裡的一位客人教我這麼做的。

跟門口的警衛說明來意後，他面不改色地大吼一聲「X號窗口」。到了指定的窗口一看，不禁大吃一驚——果然如同昨晚司機先生說的一樣，東京的人眞多！我還以爲只有像我這樣的粗心鬼才會將皮包掉進馬桶，沒想到眼前竟有三十幾個人在排隊等候換錢呢。

當然不是每個人都是拿變黃的鈔票來換，半數的人是因爲火災燒壞了錢幣。

叫到名字時，我來到窗口，看見穿著白色上衣的行員戴著大口罩，用夾子將鈔票一張一張地排列在像是炸東西時使用的鐵絲網上面。

確認過金額後，他換了一疊新的紙鈔給我。我獻上最敬禮後離開了銀行。

我做了一個深呼吸，將乾淨的空氣吸進整個肺裡，然後走進馬路對面的三越百貨，用剛換來的新鈔買了蜜雪兒的口紅和錢包。結果那個錢包在三年後也遺失了。

提到錢包，我曾聽父親說起一段往事。當時他白天在保險公司當小弟，晚上還要到虎門的大倉商工攻讀夜校。他的租處在商業區裡，附近有一位作風海派的中年男子。

男子沒有結婚生子，一個人自由自在地生活。他說是賣股票賺了錢，常常請窮學生的爸爸吃碗麵或餛飩湯，而且拿父親當兒子一樣疼愛，有時還會趁父親不注意時在他錢包裡塞一圓鈔票。

有一天，那個男子不在家，父親只好進去客廳坐著等。當時他一不小心打翻了火盆上的水壺，打開櫃子想找布來擦，卻發現櫃子裡塞滿了空的錢包和皮夾。父親心想不對，又拉開抽屜一看，兩個抽屜裡也都是滿滿地塞著錢包。父親這才知道男子是個扒手。

父親做事一向很謹慎，從來不曾遺失過東西。只有一次，半夜回家在門口按著西裝口袋喊：「奇怪，我的薪水袋哪裡去了？」

出門迎接的母親說話速度一向很慢，這時卻像黑柳徹子小姐一樣，語調急促地逼問：「掉在車上了嗎？」

她一把推開呆立在門口的父親，跌跌撞撞地衝到外面。腳上穿著襪套從玄關跑到五公尺外的大門口，又跑到二十公尺外叫住正要發動離去的計程車，仔細地翻遍了車內。

結果是父親記錯了，薪水袋其實是放在別的口袋裡。然而年輕時自誇有雙快腿，自我介紹時還會得意地強調「敏雄的敏是敏捷的敏」的父親居然任憑母親一把推開，只知道呆立在一旁，反而是一向被父親罵動作慢、笨手笨腳的母親衝得比誰都快。

我在學生時代也曾參加過田徑隊，對自己的速度很有自信，但我想應該比不過那一晚母親的速度。這麼說來，我想起有一次母親在空襲期間，眼看著火勢快要延燒到家裡了，她拚命想從外面將遮雨板拆下來，結果遮雨板掉下來，她抱著那塊遮雨板跳到兩公尺遠的柔軟草地上，居然面不改色。之後我們也試著做看看，卻發現這根本不是常人所能辦到的壯舉。或許因爲是在空襲期間才有可能的吧。這個暫且不談，母親每個月從父親手上接過薪水，必須肩負起照顧四個成長中孩童的六口之家的伙食，也許就是基於這份責任感讓她奪門而出的吧。那一陣子，我們家餐桌上常提起「媽媽馬拉松」的話題，這時父親肯定會攤開報紙遮住臉，假裝在看報紙。

前不久我去參加廟會，玩了一下好久沒玩過的「擲不倒翁」遊戲。那眞是令人懷念的投擲遊戲，雖然我很努力地瞄準，卻投不到不倒翁或是怪獸，反而把自己的領巾給弄掉了。照這樣子看來，今後我一定還會掉東西。仔細想想，除了錢包、手套之外，我應該也遺失或拾起過許多眼睛看不到，甚至是更寶貴的東西。這些東西一旦遺失了便找不回來，取而代之的是增加了一些人情或知識，但這時總不會有人說是順手牽羊吧。

昔日咖哩飯

人的記憶究竟是一種怎樣的結構呢?別人的我不清楚，但我的記憶似乎總是跟食物重疊。例如「東海林太郎與松茸」。

那是五歲或六歲的時候吧。

深夜，家裡突然來了客人，於是祖母牽著我的手出去買松茸。我們用力敲打蔬菜攤的玻璃門，請人家開店。我還記得在昏黃的燈泡下，祖母很仔細地檢查松茸根部有沒有遭蟲咬，而我聽見了不知道是收音機還是路上走過的醉漢唱的，東海林太郎的歌曲。

連歌詞我都還記得。

嗨，老大哥，我又來了。

明亮的燈光可不是我放的。

直到今天，我還不知道這首曲子的曲名是什麼，也不清楚歌詞的前後文，只覺得是首跟警察有關的歌。我生性散漫，從不曾想要查證清楚，或許就連我所記得的歌詞也可能是錯的。我這個人甚至連〈田原坡〉的開頭歌詞都誤會是「大雨淅瀝瀝，跛子濕淋淋」。

當然「人馬（註一）濕淋淋」才是正確的。但我的腦海中出現的畫面卻是瘸著一隻腿的武士。

想像中，一群落敗的武士走在兩旁都是竹林的陡坡上，其中有個年輕武士腳受傷纏著布條，歪歪扭扭地拄著長槍趕路，無情的風雨拍打在他身上……小時候的我每次聽到這首歌都悲傷得想哭。

「千里路遙翻越不過這田原坡。」

最近我將這件事說給作詞家阿久悠先生聽，他聽了捧腹大笑，幾乎挺不起腰來了。

還有一個記憶的組合是「天皇和咖哩飯」。

半年前，我在電視上收看天皇夫婦陛下的記者會轉播，突然憶起一件往事。

也是一個冬天的深夜，年紀還小的我獨自一人關遮雨板。院子裡一片漆黑，感覺好像有什麼東西躲在假山和石燈籠附近。我很想趕快結束手上的工作，可是遮雨板還有好幾片，有時會卡住，沒辦法順利關上。

走廊上也很昏暗，收進屋裡的竹竿上還晾著翻了面的白色、黑色襪套，還沒乾透便已經凍僵了，脫綻的線頭硬邦邦地搖動著。空氣中傳來咖哩的香味。

「說了那種不該說的話，妳今天晚上不准吃飯！」

我是說了不該說的話，但畢竟我只是個小孩子，說的也只是「這個叔叔長得好奇怪喲」之類的童言童語。但是生性保守且脾氣暴躁的父親卻不能接受，因爲他很敬愛天皇，覺得我有辱聖上。儘管祖母和母親出面說情，父親還是罰我不准吃晚飯，同時得關上所有的遮雨板。

我最愛吃咖哩飯了，所以覺得很可惜也很傷心。聽見餐廳裡的收音機不斷重複「里賓特洛普」的字眼，我含著淚跟著喃喃自語著「里賓特洛普、里賓特洛普」，一邊將遮雨板關上。

里賓特洛普是當時德國外交部長的名字。我想「天皇、里賓特洛普、咖哩飯」這個字串，大概只有我知道有什麼意義吧。

好像在這種情況下，等父親晚上酒醉睡著後，被處罰的小孩就會在母親和祖母的安排下吃著一個人的晚餐，但我卻沒什麼印象。

從沒聽過杜鵑鳥、錦蛙和皇后陛下的聲音。這是我經常說的笑話，意思是說皇后陛下難得開口。從她豐滿的臉形和氣質來判斷，我一直以爲她的聲音應該是跟東山千榮子（註二）一樣吧。結果聽到她開會致辭時低沉沙啞的聲音，比起三姑六婆的閒話家常也好聽不了多少時，我不禁有些驚訝。

註一：「跛子」與「人馬」日文發音相似。

註二：東山千榮子（1890~1980），著名女演員，以演溫柔的母親角色聞名，代表作如小津安二郎導演的《東京物語》等。

要是七年前過世的父親聽到我這麼批評，不知道又會說什麼？「什麼三姑六婆，亂說話。就算是時代不一樣了，有些事還是不能亂開玩笑的。瞧妳這副德性，不管活到幾歲肯定都沒有人要的。今晚妳不准吃飯！」

大概就是這樣吧。

小時候最恨爸爸的壞脾氣，但他過世之後反而懷念他。或許是這個緣故吧，似乎咖哩飯的香味總會伴隨著父親生氣的模樣，就好像附在飯旁邊的福神醬菜一樣。

小時候我們家的咖哩飯一定分成兩鍋煮。大鋁鍋裡裝的是全家吃的，小鋁鍋裡則是裝「爸爸的咖哩」。爸爸的咖哩肉比較多、顏色也比較深，大概是煮成適合大人吃的辛辣口味吧，所以父親的位子前也多放了一個水杯。

父親凡事講究，若是沒有享受到特殊待遇就會很不高興。我想是因爲從小家境不好，他憑著高小畢業的學歷一邊苦讀一邊從保險公司的小弟做起，年紀輕輕就當上分公司經理。爲了不讓人看輕，才會這麼強出頭。就連在家裡也不屑跟我們同桌吃飯，而是自己一個人使用沖繩漆器的高腳餐盤。

我曾經好希望自己快點長大，就可以邊喝開水邊吃咖哩飯。

也許對父親而言，另外熬煮的辛辣咖哩、水杯、個人專用的金邊餐盤等，都是確立權威的一些小道具。

用餐的時候，父親常常罵人。

現在回想起來，還眞佩服他每天晚上能有那麼多事惹他生氣。晚餐桌上是他對妻子和子女訓誡的場所。

因爲喝了酒、吃特別辛辣的咖哩飯，父親的臉越來越紅，汗珠不斷冒出。他一邊加著咖哩醬汁一邊嘮叨罵人，不時還要指使母親幫他倒水、添加紅薑絲、擦汗。

大概是因爲舊式咖哩裡面摻了很多麵粉，眼看著母親面前的咖哩冷卻後結了一層膜，上面有些皺紋，孩子的心裡總覺得有些悲傷。

父親一旦開始生氣，我們小孩子的湯匙——不對，當時的說法不是這樣，我們就會小心使用調羹，避免碰撞盤子發出聲音來。

唯一一個不用調羹的人是祖母。爲了避免吃相難看，祖母很辛苦地用筷子扒咖哩飯的模樣也讓我印象深刻。

我們家餐廳裡的燈泡不知道是幾燭光的，有些昏暗，外面套著綠色人造絲的燈罩。我看見燈罩上有些灰塵，心想萬一父親看到了，母親肯定又要被數落一番。

穿著白色圍裙洗東西的母親，雙手顯得紅腫，手上總是纏著兩、三條橡皮筋。當時橡皮筋算是貴重品。

安靜無聲的餐廳和咖哩飯的記憶，應該配上什麼樣的背景音樂呢？

「東山三十六峰，丑時三刻草木皆眠……」我的耳中似乎傳來這樣的歌聲。是當時流行的歌曲，還是童年時候隨著餐桌上的緊張感不知不覺記住的歌詞？我自己也搞不清楚了。

到目前爲止，我吃過不少種咖哩。例如在目黑油面小學校門旁邊的那家麵包店，曾經背著母親買來吃的咖哩麵包；還有進入出版社服務，經常在加班時到日本橋的「大明軒」和「紅花」享用的咖哩；以及銀座的「三笠會館」、承蒙戶川江馬老師招待的「資生堂」等，都很美味可口。最後我還要舉出在曼谷街頭買的一碗才十八塊日幣，裡面有魚膘的咖哩，滋味令人難忘。

然而提到我這一生中遇到最奇怪的咖哩，要算是女校一年級時在四國高松吃過的那一餐吧。

當時原本在高松分公司當經理的父親已經調回東京總公司，才剛就讀縣立第一高女的我必須等到第一學期結束才能轉學，因此借住在茶道師傅家中。

大概是從家裡厚重的東京口味變成別人家清淡的關西口味吧，加上菜量也不足，總覺得吃不飽。因爲父親工作的關係，家裡常收到一些禮品，豐富了餐桌上的變化。從小生長在這種家庭的我一時之間當然難以適應茶道師傅家裡的粗茶淡飯。

師傅家裡的老奶奶或許是看穿了我的不滿，對我說：「想吃什麼就說吧，我做給妳吃。」

我回答：「咖哩飯。」

於是老奶奶拿出了柴魚鉋刀，二話不說便刨起了柴魚片。我從來沒有吃過那麼奇怪的咖哩飯。用柴魚做高湯，加上洋蔥、紅蘿蔔和馬鈴薯，調上咖哩粉後，直接倒在飯碗上面吃。老奶奶大概看我不是很喜歡，柴魚咖哩飯出現這麼一次便告落幕。

住在師傅家的第二天一早，我從二樓下樓梯時，不小心打翻了牙粉罐。正好那天要考試，我急著早點去學校，偏偏拿水桶、毛巾擦了好幾回，樓梯上粉紅色的污漬就是擦不掉。如果是在自己家，喊聲「媽，麻煩妳了」就沒事了……我十分委屈地深深感受到寄人籬下的痛苦。

除了我之外，另外還有一位中學一年級的學生也寄住在這裡。他是小豆島一家大藥鋪老闆的兒子，對了，好像是姓岩井吧，小頭小臉的，很逗趣的一個男生。

我把家裡寄來的巧克力、牛軋糖等當時算是貴重品的點心分他吃時，他會告訴我各種「成人話題」。

比方說他曾經壓低聲音告訴我晚上藥鋪打烊時，會有藝妓跑來買打胎的藥。他還決定以後要娶藝妓當老婆，而且再三保證：「我一定不會娶向田妳的！」

聽說他是長子，應該得繼承家業吧。不知道是否貫徹了少年時的大志娶了藝妓爲妻呢？自從那之後他就音訊杳然，令人十分懷念。

有一次我差點被咖哩飯給噎死。大概是飯粒卡在氣管裡面，無法呼吸，小孩子的我立刻想到「完了，我快死了」。

以大人的眼光來看，這根本只是小事一樁。母親讓我趴在榻榻米上，用力拍我的背，還一邊有說有笑地繼續聊天。

所以有一陣子我還心存懷疑地跟朋友說：「我媽媽是繼母。」

小孩子就是會胡思亂想。

現代咖哩飯和舊式咖哩飯有什麼不同呢？

有人說，咖哩和飯分別用不同的容器裝是現代咖哩飯，直接將咖哩倒在飯上就是舊式的，但我不認同。

我覺得付了錢在外面吃的是現代咖哩飯。

在自己家吃的是舊式咖哩飯。嚴格來說，小時候吃的、母親親手做、摻有許多麵粉的才是舊式咖哩飯。

家裡也煮過壽喜燒火鍋、炸豬排，爲什麼就是覺得咖哩特別好吃呢？

我想是因爲咖哩特殊的香氣迷惑了小孩子的心靈吧。

而且記憶中，我們家的咖哩香肯定融合了父親的叫罵聲和我們在昏暗的餐廳中戰戰兢兢吃飯的情景。明明不是闔家團圓的歡樂氣氛，卻不知爲什麼反倒更加令人懷念。回憶眞令人難以捉摸！

和朋友閒聊時，提到了什麼東西最好吃，當時一位以精明幹練而聞名的電視製作人低吟了一聲說：「我媽媽做的咖哩飯吧。」

「是那種肉切得很碎，還加進麵粉凝固的嗎？」

「嗯……」回答時他的眼眶泛紅。

我心想：原來不是只有我一個人這麼認爲。

然而那個時代的咖哩飯眞的好吃嗎？

年輕時我讀過一則外國船員的故事。那是海上航行還需要依賴星座位置、羅盤針來辨認方位的時代，船員經常跟伙伴提起他的少年時代。

他說：「在故鄉小鎮上的蔬果店和魚店之間有家小店，我經常撫摸著裡面陳列的外國地圖、布料、玻璃飾品等就能玩上一整天……」

結束漫長的航行，多年沒有返家的船員回到了故鄉，也回去看了那家小店。可是在蔬果店和魚店之間並沒有什麼小店，只有一個僅能容納小孩子坐下的牆縫。

我想我的咖哩飯就像是那個牆縫吧。一如麵疙瘩、小鱈魚是要穿著綁腿褲、手持傳閱板、頭上繫著防空頭帶吃，才會有令人泫然欲泣的好滋味呀。

我們還是不要太刻意去求證回憶的眞實性比較好。經過了幾十年，懷念和期待只會讓氣球越脹越大，我們又何必砰的一聲自己用手刺破氣球呢？

所以我從來不會要求母親再做一次小時候吃的麵粉咖哩飯給我吃。

鼻梁紳士錄

明明自己家有養狗，卻看著別人家的狗可愛，心裡固然覺得有些內疚卻始終改不了這習性。

儘管心中覺得對不起自己的狗，卻還是會伸出手摸摸對方的狗、跟牠玩耍、搔牠癢。然後在這過程中一方面會留意力道不要重過摸自己家的狗，一方面又暗自比較兩者之間反應的不同。

對方的狗同時也很在意飼主的眼光，卻又對你表現出令人意外的媚態。一旦發現飼主看著牠又立刻裝作不認識你，於是我才明白所謂偷腥的樂趣竟是這麼一回事。

這種愛偷腥的狗我看過不少，但是真正印象深刻的卻只有三隻。一隻是在日本橋某家名叫什麼山莊的滑雪用品店養的蘇格蘭牧羊犬；一隻是新宿小劇場路邊的獵槍店養的短毛獵犬；一隻是澀谷道玄坂路的精品店所養的虎頭犬。

我尤其喜歡那隻虎頭犬。整天躺在店門口睡午覺，只要喊牠一聲名字「虎克」，牠會眼睛也不張開一下地翻轉過身體，動作十分笨拙可愛。如果搔牠粉紅色痲糬般的肚皮時，牠就會發出擤鼻涕似的吵音，表示牠的高興。

當時澀谷戀文巷一帶正值繁華之際，我在出版社上班，薪水不是很多，每次都是爲了想逗虎克才在回家路上到這家店逛逛，結果始終沒有買過一件店裡的主要商品——衣服。

一連列了蘇格蘭牧羊犬、短毛獵犬和虎頭犬三種狗，爲什麼最喜歡虎頭犬呢？其實我很清楚理由何在。

是因爲鼻子的關係。

或許是因爲我對自己的鼻子有些自卑，所以比起那些鼻梁挺直的蘇格蘭牧羊犬、短毛獵犬，我總覺得拳師狗、虎頭犬比較可愛。哈巴狗固然也不錯，可是牠的鼻子太扁塌了，反而讓我有種被嘲笑的感覺，心裡很不自在。

也有人看著我的臉安慰我說：「看妳的鼻子，就知道一生可以蹺著二郎腿舒服過日子。」

但我不認爲對方說得準。在家裡，我的確像鼻子形狀所寓意的一樣，不拘小節地蹺著二郎腿舒服過日子，但如果說是出人頭地，享受著物質與心靈都很充裕的生活，那可是剛好相反。

而且如果我是牽著蘇格蘭牧羊犬、俄羅斯波索犬在路上走，簡直就跟哈巴狗帶著其他狗在散步一樣，所以我們家養的狗絕對是鼻梁和尾巴都很粗短的日本犬。

提起鼻子，我有一個朋友養的貓取名爲「殿下馬」。

我曾經撫摸那隻貓的背而引起靜電過，心想眞是隻容易觸電的貓。可是，好端端的一隻貓幹嘛取名做馬呢？我問朋友理由。

他寫下「殿下馬」三個字後回答：「因爲身分高貴的人選擇坐騎時，會挑選鼻梁修長、氣質高雅的馬。」

這麼說來，我看過天皇陛下的御馬白雪號的照片，果然是匹鼻梁十分高挺的白馬。朋友家的「殿下馬」是隻公的虎斑貓，但是細長的兩眼之間的確有一根白色挺直的鼻梁。

馬的地位靠鼻梁來決定。我很慶幸自己沒有生爲馬，不然肯定會被分派到田裡耕作，然後沒多久又被送進屠宰場賣來吃！

以鼻子形狀來論我們家的族譜，父親這邊的家族鼻梁挺直；母親這邊的家族則是小圓鼻子，鼻孔微張，簡而言之就是蒜頭鼻。

兩者融合爲一，生下了我們四姊弟。以鼻子形狀來看，長女的我是蒜頭鼻，弟弟的挺直，二妹的也很高挺，小妹的同樣是蒜頭鼻。

不過關於小妹的蒜頭鼻，其實我或許應該負一點責任。小妹剛出生沒多久時，有一天我坐在走廊邊，兩隻腳晃來晃去地讀著圖畫書。當時爸爸很迷種仙人掌，大大小小精心栽培的仙人掌花盆都擺在走廊下方。一不小心我的腳底被仙人掌給刺到了，我大聲哭叫地向後退。

屋子裡面，還是嬰兒的小妹躺在蚊帳裡睡午覺。我不斷向後退，竟一屁股跌坐在蚊帳裡的小妹臉上。

小妹的哭聲驚動了祖母跑來。

「哎喲，好可憐哪。」祖母一邊拉高小妹的鼻子，一邊說：「就算沒被壓到，妳的鼻子也是麻布呀。」

母親的娘家在麻布，所以我們家將小圓鼻子稱之爲麻布。嘴裡念著「不痛不痛」、「阿彌陀佛」的祖母，則擁有修長挺直、形狀美好的鼻子。

如今回想起來，我們四姊弟也是根據鼻子形狀而分組對抗。挺直型的和挺直型，蒜頭鼻和蒜頭鼻，就連打架時也是壁壘分明，也許鼻子和個性有連帶關係吧。

父親身爲一個大男人卻喜歡批評別人的長相。

「邦子是大蒜鼻，所以至少坐相要好看一點。」

「要愛護自己的眼睛，不然妳那個鼻子戴眼鏡一定會掉下來的。」

他大肆批評之後，看見我心情低落，便安慰說：「鼻子算什麼，人最重要的是內涵和氣質。」

明明已經傷了小孩子的心，還說這些有的沒的。

父親對自己的鼻形頗具信心。可是現在回過頭再看，其實也沒什麼特別的嘛，不過是一般日本人的鼻子罷了。父親沒有名氣、沒有學歷也沒什麼錢，身世也不值得對人誇耀，能夠拿來自傲的只有身材高大、記憶力很好和鼻子長得好看而已吧。

母親結婚的時候娘家已經家道中落了，但她小時候家境相當富裕，在家中備受家人寵愛，琴棋書畫樣樣都學。

父親身上沒有的寬容和開朗，母親身上都有。父親一定很喜歡她這種特質，同時也很嫉妒。因此在貶損母親和母親的娘家時，常常拿鼻子的形狀做文章。

我最討厭父親這一點了。

或許也是因爲這個因素，我筆下劇本所寫的主人翁，不論男女，似乎都是在鼻子不是很高挺的想像下撰寫的。

可能我甚至認爲鼻子高挺的人心裡所感受的、嘴裡所說的，和塌鼻子的人總有些微妙的不同吧。

雖然小時候蒜頭鼻讓我傷心難過，卻從來沒有想過要整容改變它。假如我現在這副長相裝上一根凱瑟琳・丹尼芙（Catherine Deneuve）的美鼻，其他人看了肯定會嗤之以「鼻」吧！

一位長年住在美國的朋友回日本探親。我聽說她一個女人在異國工作有成，趕緊前去道賀，見面時卻感覺有點說不出來的怪。

我心想大概是二十多年沒見的關係吧，怎麼好像在跟陌生人講話一樣，就是很不自在。但老實說，是她的長相改變了。

對方大概也注意到了，乾脆直言問道：「我變漂亮了對吧？我一到美國便動了手術。」

日本人對外國人感到自卑之處有三：身材和鼻梁太低，還有眼睛太小。身材是沒辦法調整了，其他能整的她都整了。我這才恍然大悟。

她的眼睛和鼻子是美國人的。

曾經在海報展上看見世界各國的兒童繪畫，印度小朋友筆下的臉就是印度人的長相。我們就算不會畫圖，畫出來的也還是日本人的樣子。同樣地，美國的整形外科醫生應該也只會做自己國家的人的臉蛋吧。

我覺得眼前的這張臉適合說英語更甚於日語。

我這才明白一個國家的語言並非只是用聲音來表達，包含臉形、頭髮的顏色、五官等都一起在發聲。

或許是因爲對鼻子感到自卑，看歷史名人的畫像或照片時，我先注意到的也是鼻子。我的心目中擁有兩本紳士錄，其分類不是國籍或職業別，而是鼻梁的形狀。

A那一本記錄的人都擁有形狀典雅、高挺細緻的鼻梁。

愛因斯坦、叔本華、蕭邦、羅曼・羅蘭、巴哈、林肯、波特萊爾、莎士比亞，近一點的名人有美濃部先生。

耶穌也屬於這一個族群。

我常想，如果耶穌的鼻子也跟我一樣扁塌，基督教應該就不會像現在一樣遍及全世界。在天草年間對基督教進行迫害時，那些信徒恐怕也會隨便踐踏畫有聖像的木板而通過測試吧。

芥川龍之介也是A組的一分子。

人情薄如紙，惟見流涕掛鼻頭

一個鼻子不高的人是寫不出這種俳句的。而且我在讀他的名作《鼻子》時，以我的立場來看，直覺那是個貴族般的鼻子。相信他本人一定不以爲然，人實在是貪心不足呀！

B那一本記錄的人們則是擁有不高不長，給人親切感的鼻子。易卜生、契訶夫、貝多芬、舒曼、海明威、邱吉爾、畢卡索。不怕得罪人地繼續列舉下去，還有：井伏鱒二、松本清張、池波正太郎。說來有些好笑，我連音樂、文學也用鼻梁來分類。

感覺上鼻梁挺直的那一派，思緒正統、表現華麗，但內心冷漠。其中當然不乏有人倡導人類愛的正當化，但是我遇到問題時還是會去找B族群的人談心事。

我缺乏將房間、抽屜收拾得井然有序的能力，也因此在比較分類上不太拿手。大概社會上也沒有根據身材、長相來論斷藝術家的評論家吧，所以當我拿他們的意見暗自和我內心中的鼻梁紳士錄比對時，有時不免也無法認同。

十年前我到吳哥窟觀光，還順便繞到泰國去。旅途上用盡所有現金，一共買了八十個宋胡錄（註）的小壺。

本來想買一個大的，一來因為自己不懂得挑，二來萬一回國路上摔破了豈不傷心難過，那麼與其買一個不如買八十個，就算是買到便宜的贗品，心裡的負擔也比較輕鬆。

回國之後經朋友介紹，請了小山富士夫大師幫我鑑定。有道是初生之犢不畏虎，我居然恭敬不如從命地帶著一紙箱的小壺到他位於鎌倉的府上拜訪。

大師很仔細地一個一個拿在手上端詳，我在一旁大氣都不敢喘一聲。那是一堆高度從十二公分到一點二公分大的白瓷小壺。

「這三件算是博物館級的。」大師為我打包票，我則回以晚餐招待。在觥籌交錯之際，小山大師對我說：「妳所選的東西，形狀都很類似。」

不說我還沒有發覺。的確如他所觀察的，每一個都是矮矮胖胖、壺身寬廣的造型，沒有半個長頸瓶。

這麼說來，我花大錢買來的三個韓國李朝白瓷壺也是一樣，不是燈籠壺，就是人稱算盤珠的形狀，沒有一個細長高瘦。

沒想到我對鼻子的怨氣也都表現在這些收藏上面。

前不久一個小學時代的朋友拿了一個小壺放在手心上，笑著問我：「妳還記得這個嗎？」

她說那個小壺是我小學三年級從東京轉學到鹿兒島時，從鹿兒島寄送給這個好友的紀念品。

朋友結婚之後將小壺帶到婆家，之後便淡忘了。直到最近我們又恢復中斷多年的聯繫，繼續交往，她從櫥櫃裡看到這個小壺才勾起了這段回憶。

那是一個薩摩燒的陶壺，釉面上的裂紋很漂亮，形狀也很典雅，但是我卻一點印象都沒有。

一個小學三年級的女生其實還有別的禮物可以買，爲什麼會挑這樣的小壺送給朋友呢？是在哪家店、誰陪著一起去買的呢？價格多少？我隱約地想起鹿兒島那條經常走過的天文館路，但我實在摸不著頭緒。

唯一很清楚的是，那個小壺跟我家的八十個宋胡錄小壺的形狀很像，尤其跟我最愛的李朝白瓷中壺幾乎完全一樣，都是矮胖穩重的造型。

我提議送她別的陶壺，請她將這個小壺讓給我。朋友雙手捧著小壺，言笑間將小壺收

註：泰國產的古董陶器。

回了皮包裡面。

不到五公分高的小壺裡，裝著四十年的歲月。那是我人生中第一次親自挑選的陶壺，充滿了我年幼時專注的眼神。

天婦羅

去到初次造訪的土地時，我一定會去市場看看。因爲比起遊覽那些千篇一律的名勝古蹟，不如走進骯髒的小巷，探頭看看這裡的魚店、那邊的蔬果攤，聽聽當地口音的交易往來，感慨著「果然金澤的魚長相就是不一樣」，會是多麼有趣的經驗呀。

如果在市場一隅發現賣魚漿、魚板的小店，我便會心情雀躍。尤其是店門口還擺著油鍋炸著長條形裡面摻紅蘿蔔、牛蒡絲的天婦羅——不是那種平板的天婦羅，我就會按捺不住。

心中一面擔心「大概不是吧」，一面又鼓勵自己「不，說不定是喲……」。幾經猶豫，最後還是買了兩、三根當場吃了起來，每次也都有種遭背叛的失落感。現炸的天婦羅，各地的口味都很不錯，但是跟我心目中的味道卻差很遠。我非得要三十六年前在鹿兒島吃過的那個天婦羅不可，所以一開始這個要求就很強人所難。

隨著父親調職，在我小學三年級的時候一家人從東京搬到鹿兒島。那時沒有新幹線，也沒有關門隧道，從東京車站出發搭火車就要花上一整天，也不知道是誰開玩笑嚇唬祖母：「聽說鹿兒島的警察夏天都打赤膊，身上只穿條丁字褲，還掛把劍。」

害得她還背著父親小聲抱怨自己兒子的高昇。結果百聞不如一見，當地的警察當然穿著制服、食物很好吃、天氣又很溫暖，祖母馬上就喜歡上鹿兒島這塊土地。

現在百貨公司常舉辦地方名產的展售會，不必出遠門就能品嚐全國各地的美食。可是在第二次世界大戰之前，想吃到當地的食物就非得親自跑一趟才行。如果媒體資訊不發達，也很難獲得哪裡有好吃東西的知識。

或許就是因爲這樣，我們家才會對幾乎要雙手才能抱得起來的櫻島蘿蔔、一口吃一顆的島產橘子感到驚豔；對條紋斑斕的小魚和當地醬菜等美味讚不絕口。此外，不知爲什麼我們全家都迷上了天婦羅。

當地人稱天婦羅爲「炸魚板」，甚至有「炸塊」這種更粗俗的說法。我記得一個一分錢吧，在物價低廉的當時，這算是便宜的小菜。所以母親曾經私下抱怨過：實在不好意思每天都去買炸魚板。大概是因爲我們是「分限者」，又住在擁有十間房間的大房子，每天買炸魚板會被人取笑太小氣。所謂的「分限者」，是當地方言裡對有錢人的說法。我們家哪裡有錢！幾乎連一點資產都沒有，只是因爲住的地方有高大的石砌圍牆和大門，害我在學校也被說是「分限者的小孩」。

分限者的小孩，每天從山下小學放學回家時，常常會繞道去賣天婦羅的店。看著師傅將搗成漿的魚肉用兩根菜刀壓成厚片生魚片般的厚度，然後用刀子切成長條狀放進滾燙的油鍋中炸。油鍋立刻冒起金色的泡泡，魚板先是沉在鍋底，等上了漂亮的金黃色後便又浮了上來。師傅用的應該是麻油吧，味道特別香。我陶醉地看著師傅熟練的動作，從來都不覺得膩，而且每次都是我一個人在旁邊觀看。

我開始閱讀大人的書籍也是在這個時期。躲進儲藏室裡，偷拿出一本父親的藏書，然後回到隔壁的書房閱讀。因爲知道被發現肯定遭沒收，爲了以防萬一，便將父母買給我的《格林童話集》、《良寬大師》等兒童書放在書桌上掩護，小心翼翼地半開著抽屜偷讀。《夏目漱石全集》、《明治大正文學全集》、《世界文學全集》……一本書總要花好幾天才能讀完，但其實小孩子又能眞正讀懂多少內容呢？如今回想，不禁有點後悔爲什麼不多等個三、五年，等自己更懂事後再來閱讀。總之在鹿兒島將近三年的時光裡，我將家裡的藏書全部「讀過」了。

當時並沒有電視之類的娛樂，我的年紀已經無法滿足於洋娃娃或扮家家酒等遊戲。成天不是發呆就是找書來讀，這就是當時我打發時間的方法。

放學回家，將書包一放好，最大的樂趣就是打開自己的抽屜。有一次，是夏天吧，打開抽屜一看居然有隻壁虎探出了頭，嚇得我驚呼鬼叫，只好拜託別人將壁虎趕走。當時我很擔心藏在抽屜裡的書被發現，但結果好像也沒挨罵，或許父母早就知道了。

直木三十五（註一）的《南國太平記》寫得實在太有趣了，讀得我晚上都捨不得睡覺。漱石（註二）的作品之中，《倫敦塔》我一讀再讀，百讀不厭。巴比塞（註三）的《地獄》裡面，從牆壁上的洞孔偷窺隔壁房間男歡女愛的場面描寫，讓我印象十分深刻。也是在這個時期，我知道了「阿部定」。

同學之中，有人家裡是賣寢具的。有一次去她家玩時，店裡的員工攤開報紙大聲朗讀這個事件的報導。我們倆躲在大概是彈棉花的場地，一個寬闊的二樓夾層，躺在商品的棉被上聽著。寢具店的小孩皮膚白皙、身材高大，但不愛說話，她一臉困擾地朝著我笑。那一天櫻島的火山口噴出了濃厚的黑煙，還記得市內也蒙上了一層火山灰，不過小孩子的記憶是很難說得準的。

仔細想想，「阿部定事件」（註四）發生在昭和十一（一九三六）年，我住在鹿兒島則是昭和十四年（一九三九）起的三年間，所以這個記憶應不是案發當時，可能是有了判決或假釋時的報導吧。不過既然我很清楚回到家絕對不能提起這件事，可見得我多少還是知道這「事件」的大概內容。不管怎麼說，這一段時期的記憶總瀰漫著天婦羅的香味。

提到香味，我想起了父親有一次被一群藝妓送回家的往事。

應該時值新春期間吧，三、四名藝妓簇擁著身穿黑色斗篷的父親走進了客廳。一種祖母和母親身上從來沒有過的香氣從門口飄散到走廊上來，應該是茶花髮油和粉香吧。母親大聲地開關衣櫥，迅速取出家居服幫父親換上。儘管待客時笑臉迎人，一回到餐廳裡卻對我們疾言厲色地說：「小孩子還不趕快上床睡覺！」

祖母沉默地撥弄著火盆裡的灰燼，母親幫父親溫酒。父親帶著醉意從客廳裡走來，故意抱著母親的背裝瘋賣傻，抓起酒瓶回客廳時還難得開玩笑說：「好燙呀！」

當時我還不懂嫉妒是什麼，也參不透夫妻相處的奧妙處，但也是從這一個時期起逐漸看到了過去所未曾意識到的大人的世界。

同學之中還有個神社住持的小孩，那間名叫鳥集神社的小祠堂就是她家。她是一群女兒中的老么，年紀雖小講話卻像個老太婆似的。有一次我們坐在香油錢櫃的旁邊，搖晃著

註一：直木三十五（1891～1934），日本知名作家。日本兩大文學獎之一、專門頒給大眾文學作品的「直木獎」，就是文藝春秋社社長菊池寬於一九三五年為了紀念他而設立的。所著的《南國太平記》、《楠木正成》等歷史小說極受一般大眾歡迎。

註二：夏目漱石（1867～1916），日本知名作家。著有：《我是貓》、《少爺》、《草枕》、《三四郎》、等。對寫作專注而熱情，並大力提拔文學俊彥，影響所及，文風大盛，可謂日本近代文學鼻祖。

註三：巴比塞（Henri Barbusse, 1935～1973），法國作家。

註四：此為震驚日本全國社會的刑事案件。一名女性阿部定因為太愛不倫之戀的情人，將他殺害並割下其陽具帶在身邊。最後她被判六年徒刑。

雙腳聊天，她說：「千萬別馬上跟在姊姊她們後面上廁所……」

然後又壓低聲音表示「女人長大後會變得很麻煩……」。我一邊偷偷側眼瞄了一下香油錢櫃，心想裡面的錢這麼少，夠他們一家子過日子嗎？神社前面的鈴鐺響了，看著那條被香客的手垢給沾黑的紅色繩索，心裡不禁產生了一股厭惡感。

儘管如此，那些讀過的世界文學全集中所描寫的各種場面是絕對不會跟現實生活重疊的，書上的歸書上，生活中的歸生活中。或許是自己還不懂得世事吧，我總以爲書中寫的是別人的事。

因爲看見男生的裸體被父親打，也是在這個時期。有一次後山有男生的摔角大賽，我和弟弟跑去看。兩人打打鬧鬧地一走進家門，父親便狠狠地賞了我一個耳光。

「孩子的爹，你以爲邦子幾歲？她不過還是個小孩子呀。」母親整個人靠過來護著我，也挨了父親好幾拳。父親大吼說：「就算是小孩子，女孩子還是要有女孩子的樣子。」

我的心智比實際年齡要老成許多。父親經常帶著身爲長女的我出門散步。有一次他說要帶我去逛廟會，當祖母在房間裡幫我換上和服，用力在背後纏上腰帶時，父親走了進來。

「猜猜看爸爸今晚要買什麼？」

當時父親很熱中於栽種杜鵑花盆景，所以我回答說：「是杜鵑花吧。」

不料父親很不高興地丟下一句「我最討厭太精的小孩」，自己一個人便出門去了，臉上的神情是我從來沒看過的。當時我十歲，所以父親就是三十三歲。直到今天，我才明白父親喜愛跟他性格相像的女兒，卻偶爾也感到厭惡的矛盾心情。

城山的山腰上有間照國神社。神社門口是一家鞋店，店面古樸，然而櫥窗裡卻擺著一雙綠色的高跟鞋。大概是舶來品吧，做工細緻，腳踝處纏著綠色的皮繩。當時我們一家人都很土包子，家裡面沒有穿高跟鞋的摩登女性，所以那雙鞋在我眼中簡直是金光閃閃、高不可攀。

回到家後，我一個人在走廊上假裝穿上那雙鞋，踮起腳跟走路。一不小心沒走穩，差點撞上了玻璃門，看見眼前櫻島的火山口正在冒煙。

公司宿舍名叫「上之平」，位於跟城山平行的另一座山邊，一個足以眺望整個鹿兒島市的高台上。站在走廊向外望，櫻島就在正前方。

學會「空谷」這個詞也是拜櫻島之賜，且因爲覺得是個好詞，我始終很喜歡。但直到寫這篇文章時，爲了謹慎起見才查字典確認，結果令我大吃一驚——一直以來，我以爲「空谷」指的是眺望遠山時所看見山谷間的陰影，其實應該是人跡罕至的寂靜山谷，長期以來我都想錯了。

教我這個詞的是上門老師、內野老師還是田島老師呢？他們都是山下小學的男老師，其中我對田島老師的記憶最鮮明。對自己的力氣很有信心的田島老師並非我們的導師，有一次在體育課堂上對著整個年級的學生發號施令：「跑步到城山去！」

從城山回學校的路上，老師掰開拴在電線桿上的一匹馬的嘴巴，對學生說：「動物的年齡看牙齒就知道。」

那匹馬拚命掙扎，只見老師費盡力氣地壓住馬，好幫我們上這一堂自然課。

我曾經在全校師生面前被田島老師打，原因我已經不記得了，應該只是一件小事，所以當時的我也搞不清楚被打的理由。大概是從東京轉學過來的我，多少成績還算不錯，在學校裡也很受到歡迎。當時中日戰爭已逐漸開打，爲了迎接爲戰爭犧牲的英靈，我一個小女生代表學校在大會堂上朗誦祭文，所以讓田島老師看不順眼吧。的確，當時的我也是一個驕傲自大的小學生。儘管那是我頭一次被父親以外的人打，感覺十分屈辱，但我還是很喜歡田島老師。直到今天我還很懷念他奮力親爲的野外教學，以及打得我鼻子都快斷掉的痛楚。

聽到田島老師戰死在沖繩的消息，則是在五年前。

班上有一名叫I的女生。

因爲她的身高最矮，左腳又有點跛，所以體育課時總是跑在最後面。

一個遠足的早上，身爲班長的我看見她媽媽送來一個大布包。沉甸甸的布包裡裝的是水煮蛋。她媽媽朝著當時仍是小孩子的我鞠躬，並用我聽不太懂的鹿兒島方言表示「請大家吃」。現在我只要一想起那塊咖啡色的粗布巾和沉重溫熱的煮蛋，總覺得有股心酸。

原本我的人生計畫是想平凡地嫁爲人婦，卻不知道哪裡出了差池，至今仍是單身，靠著寫電視劇本過日子。既沒什麼特殊文采，也不知道在哪裡學的，卻能寫出人情冷暖、人性奧妙的故事（這種說法有些誇張）。探索我的創作原點，或許可以追溯到在鹿兒島度過的那三年。

那個在矇矓春霞中沉睡的女孩，應該是在那段時期覺醒的吧。她突然發現有些事比點心的大小、洋娃娃的手折斷了，以及學校裡的成績還重要。那是跟她過去完全不同色彩的世界。她的世界開始染上了男女的顏色，她開始逐漸明白喜悅與悲傷的眞正意義。從十歲到十三歲之間的種種回憶都瀰漫著天婦羅的香味。

那部有名的作品《追憶逝水年華》（註），男主角將貝殼蛋糕浸泡在紅茶時，逝去的過往便排山倒海地復甦了。我的貝殼蛋糕就是天婦羅，雖然聽起來有些廉價，但事實就是事實，強行美化毫無意義。

我很想再回鹿兒島看看，卻又怕觸景傷情，成年之後竟然一次也不曾重返過。

註：《追憶逝水年華》為法國作家普魯斯特（1871～1922）的作品，原文二十世紀初分七部分、八次出版，總字數約兩百萬字，其中第二卷獲法國龔古爾文學獎。

雞蛋與我

一邊敲雞蛋一邊思索著。

寫到這裡，突然覺得怎麼跟大文豪夏目漱石的《草枕》風格很像而停下了筆。我在思考，從出生到現在究竟吃過多少顆蛋了呢？

一個星期四顆，一年就大約兩百顆，十年兩千顆，於是乎我已經吃了將近一萬顆的蛋。現在東京的一顆蛋價是二十圓，所以換算成金額約是二十萬圓。而且光是想到吃了一萬顆蛋，就覺得恐怖。有個朋友曾經寫過一首很好笑的俳句——

油菜花盛開，恰似百萬份煎蛋

更別說是我那一萬人份的煎蛋。

從小我受到的雞蛋之惠不少。

因爲我身體虛弱，卻又不愛吃白稀飯，當家裡聽到醫生指示可以在稀粥裡打個蛋時，不禁謝天又謝地。於是我一邊聽著冰枕裡冰塊融化的水聲，一邊讓祖母餵我吃雞蛋粥。

當時我也不是虛弱得下不了床，只是我還不滿兩歲弟弟便出生了，從此被奪去母親的懷抱。加上我半夜哭泣吵著要吸奶，母親只好在乳頭處塗抹辣椒改掉我的壞毛病，所以我當然想藉機撒嬌囉。

祖母先張開嘴巴說一聲「啊……」，然後用調羹撥開凝固的蛋白，朝著蛋黃多一點的稀飯「呼……呼……」地吹涼後，再送進我嘴裡。祖母身上有著燒香和菸絲的氣味。

荷包蛋和煎蛋是經常出現在便當裡的菜色。聽說最近兒童的便當菜如果沒有同時具備黃、紅、綠三種顏色，家長就會被警告。以前我們的便當菜是荷包蛋和醃蘿蔔，整個都是黃色的，也沒聽見老師說過什麼。荷包蛋還算是上乘的菜色。有些小朋友帶的菜是酸梅和滷海帶，便當盒裡的白飯塞得飽滿結實，令人懷疑是不是用腳踩過了，頂多上面再放一條小魚乾。也有的小朋友說忘了帶，每天一到中午便跑到操場上踢球。

大概是酸梅的酸味使然吧，有些家境貧困或是便當蓋千瘡百孔的小朋友，吃便當時總習慣躲起來吃。有的將桌蓋豎起來、有的用包便當的報紙圍住、有的便當蓋只打開一小道縫隙，吃相千奇百怪。但老師一句話也不說，或許他們也很理解學生的自卑情結。

因爲父親工作的關係，光是小學我就轉了四所，所以我忘了那個女生的名字，只記得一年三百六十五天，她的便當菜都是雞蛋，因此外號也叫「雞蛋」。

雞蛋學過傳統日本舞。雖然年紀小，卻擁有舞者特有的柔美「身段」，連穿水手制服看起來都像是穿和服一樣。她很會向講台上計分的男老師撒嬌，還會翹起蘭花指，拍著老師的肩膀嗲聲嗲氣喊著：「等一下嘛……」

這讓出生在保守家庭的我看得目瞪口呆。

由於學傳統日本舞蹈很花錢，所以同學都在背後說她們家是捨菜錢來讓她學舞的。學校園遊會時，雞蛋表演了「藤娘」的舞蹈，我卻覺得好像是顆水煮蛋穿著和服在跳舞。

童年時候的爭執，如今看來會覺得微不足道，但在當時卻是很認眞的。我曾經因爲被B同學告密，有一段時間不跟她說話。B住在不見天日的大雜院裡面，媽媽和哥哥都患了結核病，她的胸部也像木板一樣扁平。B的功課不好但聲音很好聽，常常在園遊會上站在最前面表演獨唱。我則是站在最後一排一邊伴唱，一邊看著她破舊的衣服泛著污垢的油光。

自從我們不說話後，有一次學校遠足，就在我正準備吃便當時，B走到我面前，遞出一顆水煮蛋。我正想推辭時，她丟下雞蛋轉身便跑。我拿起雞蛋準備還給她時卻發現雞蛋上面有些骯髒，仔細一看，蛋殼上面用鉛筆寫著：我沒有告「祕」。

從小我就很喜歡在剛煮好的白飯上打顆蛋拌來吃。

可是我們家規定兩個小孩只能吃一顆蛋，父母的理由是：如果一開始先吃白飯拌蛋，最後就會喝不完味噌湯了。

每次母親都會將我和弟弟的碗排在一起，然後將一顆加了濃醬油的生蛋平均分配給我們。我是長女，所以我的先來，往往蛋白的部分便自然地滑進了我的碗裡。害我不禁在內心中驚呼一聲「啊」。

因爲蛋白吃起來很噁心，又不太融於白飯。我甚至暗自埋怨，要是生爲老二就好了。直到今天，當我做菜需要用半顆雞蛋調炸粉時，我還是會憶起那一聲「啊」的感覺。

敲開生蛋時，有時會發現裡面沾有血絲。小時候可以說聲「哇，好可怕哦」便無所謂了，但長大之後卻沒有那麼簡單，常常會看著噁心，不知如何處理。

有時在做早餐時發現有這種蛋，我會不讓家人知道，偷偷地做成煎蛋端上桌。

前一陣子和一群女性朋友聊些體己事時，我說出了這件困擾，朋友們都說我想太多了，一笑置之。

「我懂，我也有同樣的經驗。」只有一個朋友贊同我的想法。

她穿著素雅的和服，領口像個少女似的封得嚴絲合縫，一發現口紅沾在咖啡杯緣，便立刻拿餐巾擦拭掉。看來從一顆雞蛋也能看出女人的性格。

爲什麼蛋殼沒有接縫呢？

小時候我就覺得很納悶。它在雞的肚子裡是如何長大的呢？摺過紙氣球、做過豆沙包的人就知道，圓形的東西要收口是最難的。儘管已經夠小心處理了，往往還是留下證據讓人看出某個地方曾經裂開缺了口。

但是雞蛋任憑你怎麼看，也看不出哪裡是頭、哪裡是尾，也挑不出一絲的傷痕。

雞蛋連形狀都很神祕。

如果讓一顆雞蛋滾動，結果一定是尖的那一頭朝內，轉成直徑約三十公分的圓，最後又在原地停止。絕對不會做直線狀的滾動。或許這麼一來，從鳥巢滾落時也不容易打碎吧。

我雖然是個無神論者，但是看到這種情況，也不得不覺得冥冥之中有神明存在。朋友的姊姊因爲車禍而身故。聽說是在買菜回家時遭遇了不幸，而菜籃中的雞蛋卻完好無缺。

這個故事有點駭人聽聞，不妨改提美國的新聞比較輕鬆有趣。這已經發生一段日子了，說是在復活節前一天，一輛載滿雞蛋的大卡車在高速公路翻車了。司機以爲雞蛋全毀了，卻找到一顆沒有破掉的蛋。報上沒有提到最後誰吃了這顆雞蛋，可是我卻覺得蛋充滿了奇妙的力量。

布蘭克西是個以蛋形爲主題的雕刻家，不過我在銀座的畫廊裡看到山縣瘦夫先生以蛋和手爲題材創作的木雕時，很感動其作品的溫暖。

蛋形還讓我還聯想到馬蒂斯（註）。

據說他很努力，直到過世之前還每天做雞蛋的素描。我是個完全不會畫圖的人，卻也

註：馬蒂斯（Henri Matisse, 1869～1954），法國畫家、雕刻家。被譽為野獸派大師。

試著提筆看看雞蛋要怎麼畫。果然是很困難，怎麼畫都不成蛋形。畫得太仔細，雞蛋不是畫成了石頭就是馬鈴薯；放輕鬆隨便畫，則又畫成了小圓麻糬。

小學時期，我們家曾飼養過矮腳雞。

我們將竹籠放在院子裡，用飼料餵養一對矮腳雞。矮腳雞生出來的蛋雖然小，但沉甸甸的很有分量，等到累積出我們全家人吃的數量，就會成爲早餐桌上的佳肴。我很想看到矮腳雞生蛋的樣子，就歪著脖子整天偷看，結果除了換來脖子痠痛外，始終沒有看到好戲。

那時中日戰爭剛剛開打，學校要我們寫「致遠方戰士書」。

我經常在信裡提到這對矮腳雞，說牠們今天又生蛋了、我被雞啄了一口啦、從院子裡看到的櫻島火山口煙灰冒向哪一邊、準備燃柴火燒熱水洗澡時在院子裡看見一隻顏色跟落葉一樣的大癩蛤蟆等等的瑣事。

沒想到收到我信件的戰士居然跑來找我。

由於當時戰況還不是很激烈，他利用移防或是返鄉探親的機會來到我家。他穿著一身皮革和汗臭味夾雜的軍服，站在大門口行舉手禮。容易激動的父親一聽到他很高興收到那些信件，便請他到外面的餐廳吃飯，讓煩惱家用的母親抱怨不已。

「親愛的前方戰士們，我們會代替你們幫忙家人耕種。後方有我們支援，請放心！」

他表示相較於這種制式的文章，我寫的更有意思多了。

最近因爲工作忙，於是寫了一些內容很制式的明信片給親友，不禁反省不應該忘記了三十五年前童稚的初心。

雞蛋也分大小。

我所服務的出版社即將倒閉，我們每天上班後會聚集在附近的咖啡廳協議今後的對策。

薪水發不出來、欠作家的稿費也拖了半年才給。我們一邊體會到小公司的悲哀，一邊討論著該找工作還是繼續觀望時，有人發現早餐附贈的水煮蛋特別小顆。

「是不是待在小公司，連給的蛋也一樣小呢！」聽到有人這麼開玩笑，老闆娘立刻衝出來，一臉正經地解釋：雞蛋有分大、中、小和極小幾種規格。早餐基於預算的關係，所以選用的是小的。說時還拿出雞蛋籠讓我們看，裡面果然都是一樣的小顆雞蛋。

那顆蛋不知是什麼時候煮好的，蛋是涼的。

剝開蛋殼時，或許是蛋不新鮮，也可能是煮得太老了，很不好剝，有時連蛋白都一起扯下了來。當時我剛開始寫廣播劇本，處於人生的轉捩點。就在工作準備更換軌道的不安時期，我吃到了一顆又小又冷、被我剝得凹凸不平的水煮蛋。

有些人對雞蛋過敏，而貓和狗也有喜愛雞蛋與否之分。

我以前養過一隻名叫比魯的虎斑貓，牠最愛吃雞蛋。這隻公貓在五歲的時候得了肺炎，我帶牠去看獸醫，打完針後病況穩定了下來。可是在一個寒冷的夜晚，牠受到母貓叫春的引誘爬出玻璃門外，隔天一早回家病情又惡化了。

給牠什麼東西牠都不吃，也不喝水。這時朋友教我「用生雞蛋加白蘭地和砂糖攪勻給牠喝喝看。聽說臨終的人喝了可以維持幾個小時的壽命，所以貓喝了應該也有效」。

由於我們家沒有白蘭地，因此我趕緊跑出去買，然後根據朋友說的調配。我先試喝了一口，才用手指蘸一點送到比魯的面前。牠伸出發白的舌頭舔了一下，算是對我盡的義務吧，之後就再也不看一眼了。

比魯坐在走廊上的玻璃門前，曾經美麗的皮毛豎了起來，身體因爲瘦弱沒有力量，前後搖晃著，突然間牠面對著庭院大叫：「喔……喔……」

我從來沒聽過牠這麼叫，心想怎麼跟狗朝著遠方吠叫很像。往院子一看，在樹叢下有一隻、石燈籠後有一隻、松樹枝頭上也有一隻……全部加來有七、八隻貓坐在那裡。

那是個冷冽的冬日傍晚，貓群大概是前來送別即將過世的朋友吧？我不禁感到一陣毛骨悚然。

隔天早上起床時，比魯冰冷地躺在徹夜看守牠的母親的腿上，旁邊貓碗裡加了生蛋的白蘭地酒已經乾掉了。我將那個碗埋在牠經常攀爬的松樹底下。

我從來不曾想殺人，也沒有過尋死的念頭。生活平淡，既沒有體驗過如上九重天般的幸福滋味，也不會咒人死於非命，所以我的雞蛋歷史自然也平凡無奇。然而我卻深深覺得，在我充滿小小喜怒哀樂的日子裡，雞蛋不時扮演著貌不驚人卻很稱職的配角。

問我的雞蛋歷史中最悲慘的是哪一段？我想應該是戰爭時期的乾燥蛋吧。不管如何動腦筋調理，吃起來始終是乾乾癟癟、沒什麼味道。就像戰時的回憶一樣，不論怎麼美化，總是會留下苦澀與辛酸。

老是提起過去的往事會被大家看穿我的年紀，但我還是覺得過去的雞蛋比較好吃。以前的雞不同於現在用混合飼料飼養的雞，吃的是玉米、掉在地上的米粒、土裡的蟲，所以蛋殼堅硬、蛋黃濃稠、蛋體突出有彈性。

一位來自泰國的朋友表示「日本的雞蛋有腥味」而不敢吃。

連溫度也有所不同。

以前買雞蛋是要用籃子裝的。因爲冰箱還沒有問世，雞蛋不能買來放。握在手掌心時，有種活生生的感覺；現在的雞蛋是冰冷的，感覺像是死的一樣。

還要繼續挑雞蛋裡的骨頭的話，以前的雞蛋似乎也比較大顆，但這很可能是我的錯誤印象。

去世的父親曾經說過一件往事。他小的時候家裡很窮，常常在冬天裡被叫出去七尾街上買米。

顫抖的小手握著錢走在大雪之中，當時父親心想：從家裡到米店的路程怎麼這麼遠呀！等到長大後重新走過這一段路，才發現路程近得令人意外。

我想是因爲貧窮，又加上肚子餓的關係吧。飢寒交迫，自然會覺得很遠。可是父親卻說最大的原因是「因爲小孩子的個子太小」。

的確，小時候總覺得周遭的東西都很大。大人看起來又高又神氣、家裡的天花板好高、到學校的路好遠……連半夜起床上廁所都覺得走廊好長。

所以或許不是以前的雞蛋大，而是我的手掌太小吧。

後記

三年前生了一場病，病名是乳癌。

病灶約黃豆般大，聽說算早期發現。但是這種病沒有百分之百的安全保證。出院後的那一陣子，我看到「癌」字跟「死」字，總覺得特別不一樣。

甚至在睡夢中也對癌症心生恐懼，但在日常生活裡我卻故意裝作不認識這個字。對於罹患絕症的人而言，最需要的莫過於回歸「平常」兩個字。大概是我生性懦弱，不論是提到生病的話題或是有人安慰我，我都沒有自信能夠不感情用事。

我之所以不想提起生病的事，另外一個原因是上有高堂。母親的心臟一向不好，主治醫師交代過不能受到刺激。對父母來說，自己的小孩不管活到幾歲，永遠都是小孩。即使沒有這層因素，母親始終都很關心我這個嫁不出去的長女的未來。如果告訴她病名，恐怕到時住院的會是我們兩個人。

對於電視台的工作人員，因爲勢必得撤換下我的節目，我不得不據實以告並請求諒解，還交代說探病時千萬不要帶甜食和蘋果來。之後便絕口不提我的病症。

我出院後的第一個月，《銀座百點》問我有沒有興趣每隔兩個月連載一篇短文。看來對方應該不知道我生病的事。

當時我很擔心自己可能活不久了。從病發到動手術的過程中，多少有些情況讓我掛心。偏偏又因爲輸血感染了血清肝炎，整天躺在床上，雙手如不常常活動的話，肌肉會僵硬。可是又卡在手術傷口收縮期間，我必須絕對靜養才行。結果右手因此而不聽使喚，無法運用，嚴重的時候連開個水龍頭或寫字都有困難。

幾經考慮，我答應爲他們寫稿。

畢竟停掉電視台的工作之後，我很空閒。何況慢慢寫的話，左手也並非不能派上用場。我也很想嘗試看看這時候的我能寫出什麼樣的東西。電視劇本，就算是寫了五百集、一千集，當場就像棉花糖一樣消失無蹤。如果硬要找個理由的話，我只是有種心情，想寫份沒有接收對象、輕鬆自在的遺書留在這世上。

描述平凡無奇的一家人，生活上的點點滴滴固然很有趣，但在回憶童年往事的過程中，我發現自己的心情和右手的狀況已逐漸好轉。承蒙編輯部的好意，連載持續了兩年半之久，沒想到最後還能集結成書問世。

從第一年起就有讀者來信與來電指正。我擔心他們會覺得文章的調性太過「陰沉」，不料得到的答案卻是「不會呀，讀了令人會心一笑」，我才算鬆了一口氣。

這是我頭一次以文章的形式寫作。當要集結成書時，雖然發現三年前的不成熟之處，但是想到用右手改寫左手筆下的文字便心生不忍，於是就決定還是原封不動地付梓吧。

當初向《銀座百點》推薦我的人是車谷弘先生（文藝春秋顧問）。我沒有通知他生病的消息，想等到連載結束後再告訴他，好讓他大吃一驚。沒想到車谷先生卻生病住院了，據說是感冒的關係，但後來從別人口中知道他的病「肺」字下面，可能得的跟我是同一種病，我便不好多說什麼，也沒有去探望他。直到他在四月過世了，我便永遠失去向他當面道謝的機會。這是心中唯一的遺憾。

剛開始的一年，我看到「癌」字跟「死」字會覺得很刺眼。第二年後，反倒是看見「生」字頗有感觸。但是現在看到這三個字，心情已經不像過去那樣容易起波瀾。

聽說最好的藥就是三年的歲月，似乎開始寫文章後，那份充實感也發揮了精神安定劑的作用。這本書或許可說是我的病送給我的小禮物。

在此我要感謝《銀座百點》的佐佐木道世小姐（因爲我拖稿的習性，老是害她跑好幾趟）、文藝春秋的新井信先生和負責設計日文原書裱裝的江島任先生。

接著又要回到私事，很不好意思。我打算寫完後記後爲我這三年來隱瞞病情的不孝向母親道歉。因爲這一陣子一向開朗的母親身體狀況不錯，而且她本來就很堅強，我的病情也沒有復發的跡象，加上也正常工作了，我想母親應該能泰然接受才對。

於是這本《父親的道歉信》便成了「我寫給母親的道歉信」。

昭和五十三（一九七八）年十月　向田邦子

解說

澤木耕太郎

一

先前不經意地瀏覽小說雜誌上的隨筆專欄，沒有意識到作者是誰卻興趣盎然地讀完了整篇文章。那是篇名為〈橡皮擦〉的散文，大約是六、七張四百字稿紙長度的短文。比起同一雜誌上刊載的小說，這篇散文讀來更具小說的味道。

身上躺著一個巨大的橡皮擦。

文章一開頭便出人意表。

……從酒館回到家，在微醺的狀態下躺在沙發上休息時，突然感覺一個榻榻米般大的橡皮擦彷彿毛毯般輕輕地蓋在我身上，然後漸漸地又像床墊般膨脹，我開始感覺有些沉重。因為身體慵懶、十分疲倦，也就沒有將它推開繼續躺著。突然間，哪裡傳來了貓叫聲，還有噴霧般的「嘶嘶」聲。我想大概是住在同一棟樓的那個酒廊小姐正在用噴霧產品吧。意識矇矓之中，我的思緒又回到了橡皮擦，父親和橡皮擦、學校和橡皮擦……和回憶玩耍之際，覺得身上的橡皮擦越變越大了，終於變成跟房間一樣大。貓叫聲和嘶嘶作響持續不停。我明明記得一回家就打開了煤氣爐，怎麼還是這麼冷呢……這一瞬間我才知道糟糕了，大概是煤氣漏了出來。我拚命想起身，但是身體不聽指揮。我的手指沒辦法動、眼睛也張不開。另一方面我又覺得自己是在作夢，我作了一個煤氣中毒的夢。然而我還是使盡力氣，推開身上的橡皮擦，好不容易站起來將窗户打開。接著我將被貓給弄熄的煤氣爐關上，然後趴在窗户上大吐特吐，我的貓也跟我一起吐了。

這篇標題爲〈橡皮擦〉的文章在下一段文字後便結束了。

那天直到傍晚，我都覺得頭痛，似乎腦漿套了塑膠袋，聽別人説話都像隔了一層薄膜，模糊不清。好不容易有了食欲，我從菜籃裡取出高麗菜準備做飯。剝開最外層的葉子後，還能聞到裡面有煤氣味。抽屜裡面摺好的手帕也是，連皮包裡裝零錢的小錢包打開來也是一股臭味。我才眞正感覺到煤氣外洩的恐怖。

出人意表的開頭、不至於太過也不會不足的情境描寫、驚險的情節鋪陳、巧妙的心理描寫和卓越的結束。讀完之後我驚豔於文字手法的高明，才重新看了一下作者是誰——向田邦子，這是我第一次對向田邦子的名字產生深刻的印象，不是因爲她電視劇作家的身分，而是因爲她是文字精采的散文作家。

半年後，她的第一本散文集《父親的道歉信》出版了。這些連載於《銀座百點》的二十四篇文章都比〈橡皮擦〉要長，處理的內容也很多樣。但我讀完兩者之後的感想是一樣的，一言以蔽之就是：文字精妙，新鮮有趣。

谷擇永一評論《父親的道歉信》是「首度出現的『生活人的昭和史』」。的確，她將平凡無奇的小康家庭，尤其是日本在第二次世界大戰前的生活樣態給活靈活現地描繪了出來。

以前三島由紀夫（註）在讀完圓地文子的《女坂》後表示，作者讓他童年時期所殘留的「明治」時代印象又復甦了。同樣地，出生在戰後的我讀了《父親的道歉信》，也能隱隱約約感受到「戰前的昭和」時代。書中出現的餐桌上的風光、學校裡的情景、父母斥責小孩的方式、點心零食的名稱等，都讓我感到奇妙與懷念。

但是儘管我仔細玩味，畢竟還是缺乏同一時代的體驗，所以《父親的道歉信》於我不是「生活人的昭和史」，而是一本「文字精妙、新鮮有趣」的散文集。

二

本書裡的二十四篇文章，各有其巧妙、新鮮、獨到之處。因為作者花費了相當心思配合標題寫作，但同時它們之間又存在某些共通的特徵。

第一是「文章」的寫法，每一篇文章都充滿了視覺性。我想是因為向田邦子經常以穿

譯註：三島由紀夫（1925～1970），日本作家，代表作有《假面的告白》、《潮騷》、《志賀寺上人之戀》、《金閣寺》等。

插的方式說故事，而這些故事並非只是枯燥的描寫，其場景都充滿了豐富的生命力。不管所描寫的是人是物還是風景，向田邦子都能精確掌握描述對象的表情、色澤、味道等細節，於是隨著她敘述的筆調，那些人、物與風景便輕而易舉地呈現出影像在讀者面前。

特徵之二是「結構」，結構很戲劇性。最明顯的就是一個回憶接著一個回憶的大膽跳躍式寫法。在本書中，每一段故事與故事之間設了一行的空白，這行空白其實隱藏了極大的跳躍。讀者一時之間很困惑，不知道下一段會被帶到哪裡。時間和空間自由跳躍，連描寫的對象也不同，甚至裡面傳遞的情緒也變化多端。

但不管跳躍得多激烈，如果不經過處理，一段一段的故事會顯得散漫無章。本書的文章之所以能帶給讀者一種快感，是因爲所有的故事在結束時有了統合。最後的幾行文字跟標題相互呼應，讓一個個隨意四散的小故事都往同一方向收尾。

我小時候曾經熱中於撲克牌算命。按照自己的年齡數目切過幾次牌後，將所有的牌翻開排成四列，排列的過程中如果上下左右或斜邊有相同的數字出現時，就將兩張牌拿開，並將空隙塡滿繼續排列。於是乎無法配對的牌越排越長。但有時順利的話，本來毫無動靜的牌只因爲最下面的三張配成了對而一一解套，最後連一張牌也不剩。

向田邦子的散文結尾，感覺就跟這種消去法的最後一瞬間很類似。乍看之下每張牌之間毫無關聯，直到翻開最後的一張牌，所有的脈絡竟然都相通了。例如書中有篇〈老鼠砲〉，幾乎就是她完美的典型寫作結構。

一個接著一個提到的故事沒有直接關係，從高松小學六年級時的往事、小學四年級住在鹿兒島的過往、讀女校時期的舊事、服務於出版社的上班族昔日……最後我們才知道竟然都是跟死亡有關係的回憶。於是作者寫道：「爲什麼幾十年來遺忘的往昔會在這一瞬間湧上心頭？驚訝之餘，也能跟早已忘記臉孔和姓名的死者有一段短暫的會面。這就是我的中元，這就是我對死去親友送往迎來的燈火吧。」一口氣將所有段落整合在一起。就像是散落在桌面上的菩提子一樣，一瞬間便串成了一條念珠。

三

「向田邦子突然間出現，幾乎立刻就變成了名人。」山本夏彥在雜誌連載的評論中這麼寫的。

的確，作者突然以本書成爲散文家、現身文壇之時，她已經具有獨特而完整的個人寫作風格。雖然對我們而言，她的出現是那麼突如其來、出人意表，但可以確定的是她獨特的寫作風格並非成就於一朝一夕。於是我們不禁要問：讓向田邦子誕生《父親的道歉信》這本傑作的緣由到底是什麼？

關於這個問題，大家都會注意到這跟她長期以來電視劇本寫作的「經驗」有極大的關聯。的確，視覺性的寫法，尤其是詳實描寫一個個回憶故事，跟電視劇本的場面設計有共通之處。而且從一個回憶大膽跳躍到另一個回憶的筆法，也常運用在電視劇本的場面交替。她自己也在訪談中面對「向田女士的作品……可以讓讀者具體而鮮明地感受到影像……」的說法時，如此回答：「我想如果各位覺得印象鮮明，大概是因爲我的寫法屬於電視劇本的寫法吧。」不過這並不是她寫作方法的全部。

在本書中，作者穿插了數量龐大的諸多小故事，主要是因爲有「記憶」的存在。而向田邦子不論記憶久遠與否，都能活靈活現地讓往日重現。然而我並不認爲這是因爲她的記憶力。我相信她的記憶力應該不錯，但問題不在於記憶力的好壞。因爲她可不是隨意地羅列信手拈來的過去，而是根據主題重新審視記憶，挑出合適的加以鋪陳。她順著繩索滑進黑暗的過去，用手電筒點檢與閱讀記憶，同時具有男性觀點和女性觀點的她，在閱讀記憶時的視線會產生獨特的角度。經由這種視線的切割所萃取的記憶片段，就會成爲不論男性或女性都感覺熟悉卻又新穎的題材。向田邦子眞可說是個閱讀記憶的專家。

> 回憶就像是老鼠砲一樣，一旦點著了火，一下子在腳邊竄動，一下子又飛往難以捉摸的方向爆炸，嚇著了別人。

這是〈老鼠砲〉中的一段文字。我認爲這句話說明了記憶從不同的角度打上燈光後，就會產生新意重新復甦。

向田邦子能夠以這種方式閱讀記憶，很明顯地跟她的年齡有絕大關係。我不是說經驗跟她一樣豐富的人就能寫出同樣的作品，但至少她自己必須認同自己的「定位」，然後才能從那個位置觀察整個世界。

有生以來第一次訂做參加葬禮的禮服。這件事我可不想大聲嚷嚷，因爲我已經四十八歲了。要是在一般的公司行號上班、像平常人一樣結了婚、走在正常的人生道路的話，參加婚喪喜慶的機會自然會增加，到了這種年紀擁有兩、三套冬季與夏季禮服也就不足爲奇了。偏偏不知道哪裡出了差池，我就是銷不出去，加上從事的是寫電視劇本的「不務正業」，遇到婚喪喜慶便隨便湊合衣服穿去參加了。

〈隔壁的神明〉

要想寫出這樣的文章，肯定需要有相當的年紀才行。年輕人之所以不適合寫散文，問題不在於經驗的多寡，而是很難找到自己的定位。向田邦子基於她的年紀和意外生的一場大病，在這兩條直線的交點上她很輕易地找到了自己的定位。

「經驗」、「記憶」、「定位」，缺少了其中一樣，《父親的道歉信》就難以誕生。

四

向田邦子的散文特質是：比諸小說也不遑多讓。《父親的道歉信》和另一部作品《回憶．撲克牌》其實本質差異不大。文字很視覺性、結構具戲劇性，而且都是以回憶爲故事的主軸，兩者十分類似。

《回憶．撲克牌》中的主角取代了《父親的道歉信》中的我，由各具姓名的中年男女一一上場。在他們的日常生活中，有時會遇到某些轉機，就像觸動了回憶之名的撲克牌一樣，打亂了人生的腳步。故事在偶爾打亂現在生活步調的過去記憶中交錯進行。當然這些記憶不像《父親的道歉信》一樣，直接就是向田邦子的回憶，而是她創作出來的記憶。換句話說，她將自身的記憶配合書中人物的狀況施加些微變化與改造。不過這種情況下，我想與其說是記憶，應該說是「觀察」會更貼切吧。向田邦子的觀察十分敏銳，使得她不僅是閱讀記憶的專家，也是觀察人間的專家。

也難怪閱讀向田邦子的作品會令人想到技術高超的專業師傅。她那鮮活的筆觸，就像大廚師在烹調魚之前所展示的細膩且大膽的刀工。

將向田邦子跟專業師傅的形象重疊並非偶然的想法，也不只是因爲她的外祖父是個懷才不遇的木匠，而是因爲我很肯定她身上留著專業師傅的血液。在她的第二本散文集《女兒的道歉信》中有一篇〈檜木軍艦〉，其中寫著：「直到這時我才意識到我立身處事的標準會不會是來自於外祖父呢？」

她絕對不會脫離具體的描寫，筆下不會有流於抽象而空洞的修飾文字，而是用適合自己分量的素材，用自己慣用的道具加以調理。她不會大聲叫囂，也不會沉溺於激情。而是很實際地將自己所熟悉、所接觸過的世界動筆寫出來。這種斯多噶主義（註）跟專業師傅的潔癖是相通的。

谷澤永一、山本夏彥和山口瞳都一致認爲，她這種某一偏好的執著是她受到廣大讀者支持的原因之一，因爲她有著專業師傅的清高與灑脫。山本夏彥在他的文章中以「名人」

來讚嘆向田邦子，我想也是因爲他從向田邦子的文字中發現專業師傅高超的手藝吧。《父親的道歉信》、《女兒的道歉信》、《無名假名人名簿》、《回憶・撲克牌》、《雙獅情緣》，再一次閱讀向田邦子的這些作品，就會爲其中的新意再一次感動。如果硬要說出有什麼遺憾的話，那就是她太吝於提到自己了。令人意外的是她常常描寫自己的父母、弟妹、貓和友人，卻幾乎不提個人的本質。至少從少女時代到發現自己定位的現在，尤其是她最混沌且最豐富的時期，她從來不觸及。也許是因爲她追求完美的細緻文章是無法容忍還未結束的混沌狀態吧。

如果說身爲作家的向田邦子未來將面臨什麼困難，我猜想會不會是她那種新鮮有趣的結尾方式將成爲寫長篇作品時的枷鎖。我聽說她的第一本長篇小說《雙獅情緣》雖然只是將電視劇本改編過來，就已經讓她吃足了苦頭。向田邦子以她的手法寫長篇小說將會有什麼新的面貌？她將如何來訴說自己的內心世界？我拭目以待她的新作品問世。

五

寫到這裡，時間是八月二十二日星期六。

註：斯多噶主義者認為人不應為情感所動，應把各種事情當作神意或自然法則的不可避免結果來坦然接受。

下午兩點，正想偷個閒聽一下收音機。不久傳來新聞報導：台灣上空發生墜機事件，所有乘客均無能倖免於難。接著主播開始報出該架飛機上的日本乘客姓名。

不是很專心聽的我，聽到報出「K・向田」的名字時，不禁心中一驚。因爲聽說所有的日本乘客都是男性，所以我直覺認爲那個「K・向田」不可能是向田邦子。儘管沒有確切的理由，心裡還是感到十分不安。我時而擔心會是眞的，又懷疑可能是因爲這些日子整個頭腦都在愁著如何寫好這篇關於她的評論文章，所以很自然地將那個名字聯想成她了。但是當電視新聞上開始出現向田邦子的全名，目前也還在確認，我甚至打電話到向田家，電話錄音聲中傳來已經確定罹難的消息。

我坐在好不容易才完成的文章前，茫然不知所以。因爲，向田邦子過世了，我的文章也不具有任何意義了。本來之所以由我寫這篇解說，是向田女士希望聽聽年輕人的感想而讓我執筆。我也應其所求，心想至少希望向田女士讀來覺得有趣，而好幾天坐在稿紙前殫精竭慮地寫作。

我跟向田女士只有一面之緣。那是在小酒館不期而遇，跟其他幾人一起喝酒到天明。我幾乎已經忘記那天晚上聊了些什麼。唯一印象深刻的是，到了清晨走出酒館外時，天色已經十分明亮了。我在馬路邊伸了個懶腰，嘴裡喃喃自語：「該回家睡覺了。」向田女士則是笑著說：「我可是該回家開始工作了。」十分疲憊的我不禁驚訝地望著她的臉，熬夜喝了一個晚上的酒，她的臉上絲毫不見倦容，甚至顯得神采奕奕。那剛好是一年前夏天的事。

事後，我聽說她原本要在我這篇文章完成後請我吃飯。固然很遺憾沒有機會再跟她愉快地喝酒，但是更遺憾的是我將無法請她閱讀這篇文章，而她可能是唯一覺得這篇文章有趣的人。

話又說回來，本文中選用向田女士的文字似乎都有點灰色。仔細一看，不論是〈橡皮擦〉、〈老鼠砲〉還是〈隔壁的神明〉，都跟死亡有關。我沒有刻意挑選，事到如今也很懊悔爲什麼不挑些氣氛華麗的作品呢。也許是因爲向田女士的散文中常常在幽默的口吻背後隱藏死亡的暗示吧。

昭和五十六（一九八一）年十二月

（本文作者爲日本知名作家）

國家圖書館出版品預行編目資料

父親的道歉信／向田邦子著；張秋明譯.四版.
-- 台北市：麥田出版：家庭傳媒城邦分公司
2019.06
面；　公分. --（和風文庫；2）
譯自：父の詫び状
ISBN 978-986-344-655-2（平裝）
861.67　　108005007

ISBN 978-986-344-655-2

和風文庫 2

父親的道歉信

原著書名／父の詫び状
原出版者／文藝春秋
作者／向田邦子
翻譯／張秋明

編輯總監／劉麗真
總經理／陳逸瑛
發行人／涂玉雲
出版／麥田出版
104 台北市中山區民生東路二段 141 號 5 樓
電話／(02) 2500-7696
傳真／(02) 2500-1966
發行／英屬蓋曼群島商家庭傳媒股份有限公司
城邦分公司
104 台北市中山區民生東路二段 141 號 11 樓
網址／www.cite.com.tw
讀者服務專線／02-2500-7718；02-2500-7719
服務時間／週一至週五：09：30～12：00
13：30～17：00
24 小時傳真服務／02-2500-1900；02-2500-1991
讀者服務信箱／service@readingclub.com.tw
劃撥帳號／19863813
戶名／書虫股份有限公司
香港發行所／城邦（香港）出版集團有限公司
香港灣仔駱克道 193 號東超商業中心 1 樓
電話／(852) 25086231
傳真／(852) 25789337
馬新發行所／城邦（馬新）出版集團【Cite (M) Sdn Bhd】
41-3, Jalan Radin Anum, Bandar Baru Sri Petaling, 57000 Kuala Lumpur, Malaysia.
電話／+6(03) 9056-3833
傳真／+6(03) 9057-6622
讀者服務信箱／services@cite.my
封面設計／蕭旭芳
排版／浩瀚電腦排版股份有限公司
印刷／中原造像股份有限公司
□2005 年 10 月初版
□2021 年 10 月四版二刷
售價／320元　　Printed in Taiwan.